AF110367

www.ingramcontent.com/pod-product-compliance
Lightning Source LLC
LaVergne TN
LVHW021228080526
838199LV00089B/5910

*9789358729986*

# ترکی کی کہانیاں

(بچوں کی کہانیاں)

ثروت صولت

© Taemeer Publications LLC
**Turkey ki KahaniyaaN** *(Kids Short Stories)*
by: Sarvat Saulat
Edition: September '2024
Publisher :
*Taemeer Publications LLC* (Michigan, USA / Hyderabad, India)

ISBN 978-93-5872-998-6

مصنفہ یا ناشر کی پیشگی اجازت کے بغیر اس کتاب کا کوئی بھی حصہ کسی بھی شکل میں بشمول ویب سائٹ پر اَپ لوڈنگ کے لیے استعمال نہ کیا جائے۔ نیز اس کتاب پر کسی بھی قسم کے تنازع کو نمٹانے کا اختیار صرف حیدرآباد (تلنگانہ) کی عدلیہ کو ہو گا۔

© تعمیر پبلی کیشنز

| | | |
|---|---|---|
| کتاب | : | ترکی کی کہانیاں (بچوں کی کہانیاں) |
| مصنفہ | : | ثروت صولت |
| صنف | : | ادبِ اطفال |
| ناشر | : | تعمیر پبلی کیشنز (حیدرآباد، انڈیا) |
| سالِ اشاعت | : | ۲۰۲۴ء |
| صفحات | : | ۹۸ |
| سرورق ڈیزائن | : | تعمیر ویب ڈیزائن |

# فہرست

| | | |
|---|---|---|
| (۱) | پتھر کی گڑیا | 6 |
| (۲) | خوشی کا راز | 17 |
| (۳) | امن کا قافلہ | 30 |
| (۴) | چالیس چور | 46 |
| (۵) | سیب والی تھالی | 60 |
| (۶) | بھولا آصف | 71 |
| (۷) | کیل اوغلان | 86 |

# پتھر کی گڑیا

قادر آغا کا بیٹا محمود فوج میں مقررہ مدّت تک خدمت انجام دینے کے بعد اپنے گانو واپس آ گیا تھا۔ ماں باپ ایک مدّت کے بعد بیٹے کو دیکھ کر بہت خوش تھے۔ اب اُن کی سب سے بڑی خواہش یہ تھی کہ محمود کی شادی کر دی جائے۔ باتوں باتوں میں جب محمود نے والدین سے ابراہیم آغا کی خیریت دریافت کی تو دونوں مسکرا دیے اور کہنے لگے:

"ابراہیم آغا بہت اچھی طرح ہیں، ان کا بڑا بیٹا حال میں فوج میں گیا ہے۔"

"اُن کے ایک بیٹی بھی تو تھی؟" محمود نے پوچھا۔

ماں باپ ایک مرتبہ پھر مسکرا دیے۔ ان کو معلوم تھا کہ اُن کا بیٹا، ابراہیم آغا کی لڑکی سے محبّت کرتا ہے۔

"ماشاء اللہ زہرہ بالکل ٹھیک ہے، نرم و نازک کلی کی طرح ہے، لوگ اس کو گانو کی ملکہ کہتے ہیں۔" ماں نے جواب دیا۔

"کیا اس کی شادی ہو گئی؟" محمود نے پوچھا۔

"کیسی بات کرتے ہو محمود جیسے تمھیں کچھ معلوم ہی نہیں۔" ماں نے کہا، "ہاں اس سے شادی کی خواہش رکھنے والوں کی کمی نہیں۔ بہت پیغام آئے، لیکن زہرہ کے والدین نے انکار کر دیا۔ گانو والے کہتے ہیں

کہ زہرہ کو کسی نوجوان سے محبت ہے جو آج کل فوج میں گیا ہوا ہے۔"
ماں نے مسکراتے ہوئے جواب دیا۔
"کہو تو ہم تمھارے لیے پیغام دے دیں۔" قادر آغا نے کہا۔
"بابا جب آپ سب جانتے ہیں تو مجھ سے کیوں پوچھتے ہیں۔ آپ جو بھی کریں گے مجھے منظور ہو گا۔" محمود نے جواب دیا۔
اس کے بعد قادر آغا نے زہرہ کو ابراہیم آغا سے اپنے بیٹے کے لیے مانگ لیا۔ ابراہیم آغا بھی اِسی دن کا انتظار کر رہا تھا۔ اس نے فوراً رشتہ منظور کر لیا اور جلد ہی محمود اور زہرہ کی شادی ہو گئی۔
شادی کے بعد دونوں ہنسی خوشی زندگی گزارنے لگے۔ دونوں ایک دوسرے سے شدت سے محبّت کرتے تھے۔ دونوں کی طبیعت اور مزاج میں اتنی یکسانیت تھی کہ معلوم ہوتا تھا کہ قدرت نے دونوں کو ایک دوسرے کے لیے پیدا کیا ہے، لیکن تقدیر پر کس کو قابو ہے۔ دونوں عیش و مسرت کے عالم میں زندگی گزار رہے تھے کہ ان کی خوش بختی کا آفتاب گہن میں آگیا۔ ابھی ان کی شادی کو دو سال ہی ہوئے تھے کہ ایک دن قادر آغا نے محمود کو بلایا اور کہا:
"محمود تمھاری شادی کو دو سال ہو گئے۔ میں ہر صبح خوشخبری کا انتظار کرتا رہتا ہوں، لیکن وہ خوشخبری سُننے میں نہیں آتی۔"
"میں سمجھا نہیں بابا۔" محمود نے جواب دیا۔
"بیٹے، اتنے نادان نہ بنو۔ جس عورت کے اولاد نہ ہو اس سے بھلائی کی توقع نہیں کی جاتی، میں تم سے صاف صاف کہہ رہا ہوں، میرا اشارہ زہرہ کی طرف ہے۔" قادر آغا نے جواب دیا۔
"لیکن بابا میں تو زہرہ کے ساتھ خوش ہوں۔ وہ بہت اچھی بیوی ہے۔" محمود نے جواب دیا۔
"عورت اگر بچوں والی ہو تو اگر وہ بدصورت ہو تو بھی سر کا تاج

ہوتی ہے، لیکن جس عورت کے اولاد نہ ہو وہ کتنی ہی خوب صورت کیوں نہ ہو، پریشانی کا باعث ہوتی ہے۔" قادر آغا نے کہا۔

"لیکن بابا مجھے تو اس کی طرف سے کوئی پریشانی نہیں۔" محمود نے جواب دیا۔

"بیٹے محمود، اپنے کو دھوکا نہ دو، تمھیں بھی اولاد کی آرزو ہے۔ اس بات کو میں محسوس کرتا ہوں، تمھاری ماں محسوس کرتی ہے بلکہ سارا گاؤں محسوس کرتا ہے۔ زہرہ بہت اچھی لڑکی ہے، ہمیں اس سے محبّت ہے، لیکن میں اس کی گود میں بچّہ دیکھنا چاہتا ہوں۔" قادر آغا نے جواب دیا۔

اس گفتگو کے بعد محمود فکرمند اور پریشان رہنے لگا۔ اگرچہ اس نے اپنی بیوی سے اس گفتگو کا کوئی ذکر نہیں کیا، لیکن زہرہ نے اس کو کئی دن پریشان اور فکرمند دیکھا تو وہ بات سمجھ گئی اور ایک دن محمود سے بولی:

"محمود تم کو کیا ہو گیا ہے، کئی دن سے میں تم کو پریشان اور خاموش دیکھ رہی ہوں۔"

"کوئی بات نہیں زہرہ، چھوڑو اِس قصّے کو، کوئی اور بات کرو۔" محمود نے جواب دیا۔

"لیکن میں تمھاری پریشانی کو سمجھتی ہوں، تم سے پوچھا جا رہا ہے کہ بچّہ اب تک کیوں نہیں ہوا؟"

"تم نے یہ مطلب کیسے نکال لیا؟" محمود نے کہا۔

"اس لیے کہ گھر کے لوگ مجھے عجیب نظروں سے دیکھتے ہیں۔ ملوم ہوتا ہے کہ ہر شخص فکر میں مبتلا ہے۔ میں ان کی نظر کو پہچانتی ہوں۔" زہرہ پھوٹ پڑی اور پھر پکار پکار کر کہنے لگی:

"میرے اللہ تو کہاں ہے؟ میرا گناہ کیا ہے؟ آخر تو نے مجھے

اولاد سے کیوں محروم کر دیا؟"

محمود وہاں زیادہ دیر کھڑا نہ رہ سکا اور کمرے سے باہر نکل گیا۔

قادر آغا نے کچھ دن انتظار کیا۔ پھر محمود کو بُلا کر اپنے فیصلے کا اس طرح اعلان کیا:

"محمود! اب میں تم کو اپنا فیصلہ سُنا رہا ہوں۔ ہمیں اب زہرہ سے کوئی امید نہیں۔ جس کو اللہ نہ چاہے اس کے اولاد نہیں ہوسکتی۔ میں اپنے شیرِدل بیٹے کا نقصان گوارا نہیں کر سکتا۔ مجھے بھی پوتے پوتی کی خواہش ہے۔ میں تمہارے لیے ایک ایسی صحت مند لڑکی لاؤں گا جو تمہارے بچے کی ماں بن سکے۔"

محمود نے افسردہ نگاہوں سے باپ کی طرف دیکھا، پھر کہا:

"کیا آپ کا ارادہ دوسری بیوی لانے کا ہے؟ کیا آپ اپنی زہرہ پر ایک سوت لائیں گے؟"

"تم نام جو چاہے رکھ لو، لیکن میرا مطلب یہی ہے۔" قادر آغا نے کہا۔

محمود کچھ دیر خاموش رہا، پھر باپ کی طرف نظر اُٹھاتے ہوئے اس نے کہا:

"بابا! جب سے میں نے ہوش سنبھالا ہے زہرہ سے محبت کرتا رہا ہوں۔ میری تمنا تھی کہ وہ میری بیوی بنے۔ جب وہ مجھے مل گئی تو میں نے محسوس کیا کہ مجھے سارے جہاں کی خوشیاں مل گئیں۔ میں ایسی بیوی کے ہوتے ہوئے کسی دوسری عورت سے شادی نہیں کر سکتا۔"

"اس کا مطلب یہ ہے کہ تم ہمارے خاندان کی نسل ختم کر دینا چاہتے ہو؟" قادر آغا نے کہا۔

"بابا! مجھے کچھ مہلت دیجیے۔ شہر میں حکیم، طبیب موجود ہیں، میں

ان کے پاس جاکر زہرہ کا علاج کراؤں گا، شاید اللہ کوئی راستا نکال دے، بابا! میں آپ سے التجا کرتا ہوں کہ کم از کم مجھے ایک سال کی مہلت اور دے دیجیے۔" محمود نے کہا۔

"ایک سال! کسے معلوم اتنے دن کون رہتا ہے اور کون نہیں رہتا۔ میں نے تو تمھارے فائدے کی بات کہی تھی، لیکن اگر تم ایک سال اور انتظار کرنا چاہتے ہو تو ٹھیک ہے۔" قادر آغا نے جواب دیا۔

محمود نے خوش ہو کر کہا:

"بابا، اللہ آپ کو خوش رکھے، اگر ایک سال میں بچہ نہیں ہوا تو جو آپ کہیں گے وہی کروں گا۔"

اِدھر زہرہ کا بُرا حال تھا۔ وہ خون کے آنسو رو رہی تھی۔ بچہ نہ ہونے کی وجہ سے سب سے زیادہ افسردہ تھی۔ دعا کرتی تھی، نذر نیاز دیتی تھی اور قربانیاں کرتی تھی۔

چند ماہ بعد زہرہ کا پیٹ پھولنا شروع ہوا، درد بھی ہوتا تھا، شروع میں اس خیال سے کہ پیٹ میں بچہ ہے سب خوش ہوئے، لیکن پیٹ تیزی سے پھولنا شروع ہو گیا اور درد بتدریج بڑھتا گیا۔ محمود بیوی کو لے کر شہر گیا جہاں اس کا ایک فوجی دوست ایک شفاخانے میں کام کرتا تھا۔ اس کی مدد سے محمود نے زہرہ کو ایک طبیب کو دِکھایا۔ طبیب نے کہا کہ زہرہ کا آپریشن کیا جائے گا اور یہ کہ اس کے بچہ نہیں ہو سکتا۔

آپریشن کے بعد زہرہ کے پیٹ کا درد ختم ہو گیا،لیکن دل کے درد میں اضافہ ہو گیا۔ اب وہ اولاد سے قطعی مایوس ہو چکی تھی، اس کا گلاب جیسا چہرہ زرد پڑ گیا تھا اور خوب صورت آنکھوں کی چمک پھیکی پڑ گئی تھی۔ محمود اس کو لے کر شفاخانے سے نکلا تاکہ اپنے گاؤں جائے، راستے میں کھلونوں کی ایک دکان نظر آئی۔ زہرہ

اس دکان کے پاس کھڑی ہو گئی۔ دکان میں پتھر کی ایک خوب صورت گڑیا رکھی ہوئی تھی، بال سنہرے اور آنکھیں نیلی تھیں۔ زہرہ کی نگاہیں اس گڑیا پر جم گئیں۔ محمود سے بولی:

"دیکھو محمود! یہ کتنی خوب صورت گڑیا ہے۔"

"چلو زہرہ، جلدی کرو ورنہ ہمیں دیر ہو جائے گی۔" محمود نے کہا۔

"محمود! میں تمھارے قربان جاؤں، میں تمھارے پاؤں پڑتی ہوں اس گڑیا کو تم میرے لیے لے لو۔" زہرہ نے کہا۔

زہرہ نے جب زیادہ اصرار کیا تو محمود نے گڑیا خرید کر زہرہ کو دے دی۔ زہرہ نے گڑیا کو لے کر اس طرح اپنے سینے سے لگا لیا جیسے وہ سچ مچ کی بچی ہو اور اسی حالت میں وہ اپنے گاؤں تک آئی۔ گڑیا کی خبر سارے گاؤں میں پھیل گئی۔ قادر آغا کو بھی معلوم ہوا۔ وہ محمود کے پاس آیا اور کہا:

"تو زہرہ کے پیٹ سے یہ گڑیا نکلی۔ میں نے تو پہلے ہی کہہ دیا تھا کہ اس کے کوئی اولاد نہیں ہوگی۔ اب طبیبوں نے بھی کہہ دیا۔ اب مزید انتظار بے کار ہے۔ میں تمھارے لیے دوسری لڑکی تلاش کرتا ہوں۔"

محمود نے بے بسی کے عالم میں گردن جھکالی اور بولا:

"بابا! آپ بجا فرماتے ہیں۔ میں وعدہ بھی کر چکا ہوں، آپ جو چاہتے ہیں کیجیے۔ میرے دل کی مالک زہرہ ہوگی اور جسم دوسری عورت کا ہوگا۔"

لیکن زہرہ کا یہ حال تھا کہ اب اسے پتھر کی گڑیا کے علاوہ کسی چیز سے دل چسپی نہیں رہی۔ اس نے گڑیا کا نام عتیقہ رکھا۔ زہرہ ہر وقت اس کے ساتھ مصروف رہنے لگی۔ کبھی اس کو لوری سناتی کبھی کھانا کھلاتی اور کبھی کپڑے بدلتی۔ محمود، باپ کے پاس سے

زہرہ کے پاس آیا اور نئے فیصلے کی اس کو اطلاع دینا چاہی۔ اس نے زہرہ کو آواز دی ہی تھی کہ وہ بولی:

"محمود! خاموش، دیکھتے نہیں ہو کہ عتیقہ سو رہی ہے۔ ابھی ابھی اس کی آنکھ لگی ہے۔"

"میری بات تو سُنو"۔ محمود بولا۔

"اچھا! باہر چلو، وہاں بات کریں گے، کہیں بچّی جاگ نہ پڑے۔ کیسی مَست سو رہی ہے"۔ زہرہ نے کہا۔

"دیکھو زہرہ! یہ بات اچھی طرح سمجھ لو۔ میں نے تم سے اس لیے شادی کی ہے کہ مجھے تم سے محبّت تھی۔ اب بھی میں تم سے اسی طرح محبّت کرتا ہوں"۔ محمود نے کہا۔

"میرے پیارے محمود، یہ بھی کوئی کہنے کی بات ہے۔ میں بھی تم پر جان دیتی ہوں"۔ زہرہ نے جواب دیا۔

"زہرہ میں نہیں چاہتا تھا، اللہ جانتا ہے کہ اب بھی نہیں چاہتا، مگر میں بے بس ہوں، وہ لوگ چاہتے ہیں کہ میں ان کے کہنے کے مطابق کروں"۔ محمود نے بڑی مشکل سے یہ الفاظ کہے۔ زہرہ نے مسکراتے ہوئے جواب دیا:

"صحیح کہتے ہیں محمود، وہ لوگ ٹھیک کہتے ہیں"۔

محمود کو زہرہ کے اس جواب سے حیرت ہوئی اور زہرہ کو دیکھتے ہوئے بولا:

"یہ تم کیا کہہ رہی ہو؟ میری سمجھ میں کچھ نہیں آتا۔ شاید میں تم کو صحیح طور پر بتا نہیں سکا۔ وہ لوگ کہتے ہیں کہ میں دوسری شادی کر لوں۔"

"ہاں میں جانتی ہوں"۔ زہرہ نے کہا۔

"پھر تم خاموش کیوں ہو۔ وہ تم پر سوت لا رہے ہیں"۔ محمود

نے چیختے ہوئے کہا۔

"محمود چیخ کیوں رہے ہو۔ میں ہر بات سمجھ رہی ہوں۔" زہرہ نے جواب دیا۔

محمود کو غش آنے لگا۔ اس نے اپنا سر دونوں ہاتھوں سے تھام لیا اور کہا:

"میں نہیں چاہتا تھا، زہرہ! میں ہرگز نہیں چاہتا، لیکن ان کے لیے اولاد کا مسئلہ ہے ..."

"محمود یہ بالکل قدرتی خواہش ہے۔ تمھیں شادی کر لینی چاہیے۔ اب جہاں تک بچے کی بات ہے تو کیا تمھاری دوسری بیوی میری عتیقہ سے پیار کرے گی؟ میرا جہاں تک تعلق ہے میں اس کے بچوں سے پیار کروں گی۔" زہرہ نے کہا۔

محمود، زہرہ کو غور سے دیکھ رہا تھا، وہ سوچنے لگا کہ کیا زہرہ واقعی پاگل ہو گئی ہے۔ پھر اس نے زہرہ کے سوال کا جواب دیتے ہوئے کہا:

"ہاں زہرہ، وہ عتیقہ سے ضرور پیار کرے گی، آخر کیوں نہ کرے گی۔"

زہرہ کے چہرے پر اطمینان اور سکون کی لہر دوڑ گئی، پھر بولی:

"کتنا اچھا ہوگا، میں اس کے بچوں سے پیار کروں گی، وہ میری عتیقہ سے پیار کرے گی اور ہم سب خوش خوش زندگی گزاریں گے۔"

اس کے بعد قادر آغا نے پاس کے گاؤں کی ایک خوب صورت لڑکی کو جو بے سہارا تھی محمود کے لیے پسند کر لیا۔ قادر آغا نے بیٹے سے کہا، "اگر تم کو بھی یہ لڑکی پسند ہو تو میں بات پکی کر لوں۔"

"ٹھیک ہے بابا، مجھے منظور ہے، میں نے زہرہ سے بھی بات کر لی ہے، وہ بھی راضی ہے۔" محمود نے جواب دیا۔

محمود کے اس جواب پر قادر آغا کو غصہ آگیا۔ کہنے لگا:

"یہ کیا بکواس کرتے ہو، نئی نئی عادتیں سیکھ رہے ہو، کیا ہر بات کا بیوی سے پوچھنا ضروری ہے؟"

"لیکن بابا اس میں ہرج کیا ہے، آخر اس کو بھی حق حاصل ہے کہ جس عورت کے ساتھ اس کو زندگی گزارنا ہوگی اس کے بارے میں اس کو واقفیت ہو۔" محمود نے کہا۔

"یہ بات کسی دوسری جگہ درست ہو سکتی ہے، لیکن یہاں نہیں۔ یہ لڑکی پاگل ہو گئی ہے۔ پتھر کی گڑیا کو تھپ تھپاتی ہے، سلاتی ہے، نہلاتی ہے۔" قادر آغا نے جواب دیا۔

"ٹھیک ہے بابا! میں نے ہاں تو کہہ دیا ہے، زہرہ کا قصہ چھوڑیے۔ آپ جو چاہتے ہیں وہ کیجیے۔" محمود نے کہا۔

"بالکل، جو میں چاہتا ہوں وہی کروں گا۔ بس بارش کی دعا ختم ہو جائے اس کے بعد فیصلہ کروں گا۔" قادر آغا نے جواب دیا۔

اس زمانے میں ملک میں زبردست خشک سالی پھیلی ہوئی تھی، کئی مہینے ہو گئے تھے، لیکن ایک بوند پانی نہیں برسا تھا۔ فصلیں خشک ہوگئیں اور پودے ٹھٹھر کر رہ گئے تھے۔ لوگوں کا کہنا تھا کہ اگر بارش نہ ہوئی تو زبردست قحط پڑ جائے گا۔ اسی لیے گانو کے لوگ اس وقت بارش کی دعا کرنے کے لیے جمع ہونے والے تھے۔ قادر آغا کو بھی نماز استسقا میں شرکت کرنی تھی اور اس کا خیال تھا کہ نماز سے فارغ ہونے کے بعد وہ محمود کی شادی کے مسئلے کو طے کرے گا۔

گانو کے تمام لوگ جب نماز استسقا کے لیے باہر گئے ہوئے تھے تو گھر میں صرف زہرہ رہ گئی تھی، اس کی گڑیا بھی اس کے ساتھ تھی۔ زہرہ نے تنہائی پا کر اللہ سے گڑگڑا کر دعا کرنی شروع کر دی۔

"اے میرے اللہ رحمت کے بادل بھیج اور میری لڑکی کو زندگی

عطا کر۔ لوگوں کو ایسی خوش حالی دے کہ ہر شخص خوش ہو جائے اور میں اپنے محمود اور عتیقہ کے ساتھ مطمئن زندگی گزاروں۔ مجھے تیری پناہ درکار ہے۔ تو بڑا ہے اور ہر چیز پر قادر ہے ...''

اِدھر زہرہ یہ دعا مانگ رہی تھی اُدھر گاؤں کے لوگ بارش کے لیے دعا مانگ رہے تھے۔ اتنے میں بادل آنا شروع ہوئے اور دیکھتے ہی دیکھتے آسمان پر چھا گئے۔ اللہ نے دعا قبول کر لی تھی، پہلے بوندیں پڑیں، پھر زور دار بارش شروع ہو گئی۔ جلتی زمین کی پیاس بجھ گئی اور ہر طرف مٹی کی سوندھی سوندھی خوش بُو پھیل گئی۔ محمود میدان سے گھر کی طرف بھاگا۔ جب وہ دروازے پر پہنچا تو ہانپ رہا تھا اور زور زور سے کہہ رہا تھا:

''زہرہ بارانِ رحمت آگیا، بارش ہو گئی۔''

زہرہ دعا میں ایسی منہمک تھی کہ اس نے محمود کی آواز نہیں سُنی. اچانک محمود نے محسوس کیا کہ گڑیا کے پنگوڑے میں سے رونے کی آواز آرہی ہے۔ وہ جلدی سے پنگوڑے کی طرف بھاگا۔ کیا دیکھتا ہے کہ عتیقہ ہاتھ پیر ہلا رہی ہے۔ محمود کے پہنچتے ہی نیلی نیلی آنکھوں سے اس کو دیکھنے لگی اور اس کی طرف ہاتھ بڑھایا۔ یہ منظر دیکھ کر محمود کی عجیب حالت ہو گئی۔ اس کی سمجھ میں نہیں آرہا تھا کہ یہ سب کچھ کیا ہے۔ حیرانی اور خوشی کے عالم میں چیخا

''زہرہ!''

زہرہ اس کی طرف آنے کے لیے مڑی، اس کی آنکھوں میں آنسو تھے۔

''کیا تم نے مجھ کو آواز دی، محمود!'' زہرہ نے کہا.

محمود نے پنگوڑے کی طرف اشارہ کرتے ہوئے کہا:

''گڑیا کی طرف دیکھو!''

پنگوڑے سے بچّے کے رونے کی آواز بلند ہوئی، زہرہ گھبرا کر پنگوڑے کی طرف گئی اور گڑیا کو گود میں اٹھا لیا۔

"محمود! تم نے آخر میری عتیقہ کو جگا ہی دیا۔" پھر محمود کی طرف اشارہ کرکے عتیقہ سے کہا:

"عتیقہ! اپنے بابا کو دیکھو، انھوں نے تم کو سوتے سے جگا دیا۔"

عتیقہ نے اپنے ننھے ننھے ہاتھ محمود کی طرف بڑھائے۔ محمود تیزی سے باہر ان لوگوں کی طرف بھاگا جو نماز استسقا پڑھ کر واپس آرہے تھے۔ ذرا سی دیر میں یہ خبر سارے گاؤں میں پھیل گئی۔ گاؤں والے محمود کے گھر پر جمع ہو گئے۔ وہ اس معجزے پر حیران تھے۔ کبھی زہرہ کو دیکھتے تھے اور کبھی عتیقہ کو۔ زہرہ کے چہرے پر ہلکا سا تبسّم تھا۔ قادر آغا بھی آگیا۔ وہ کبھی گڑیا کو دیکھتا، کبھی زہرہ کو، اس کو اپنی آنکھوں پر یقین نہیں آرہا تھا۔ باہر موسلا دھار بارش ہو رہی تھی۔

# خوشی کا راز

پرانے زمانے میں ایک گانو میں دو بوڑھے میاں بیوی رہتے تھے۔ اُن کی زندگی پُرسکون اور خوشی سے بھرپُور تھی۔ ان میں کسی بات پر نہ جھگڑا ہوتا تھا اور نہ اختلاف۔ معلوم ہوتا تھا کہ انھوں نے خوشی اور مسرت کی زندگی گزارنے کا راز معلوم کرلیا ہے۔ ان کو ایک دوسرے سے کبھی شکایت پیدا نہیں ہوتی تھی اور وہ ہمیشہ ایک دوسرے کی تعریف کرتے رہتے تھے۔ نہ دولت مند تھے اور نہ مفلس۔ جو تھوڑا بہت اپنی محنت سے کما لیتے اسی پر مطمئن رہتے۔ حرص اور لالچ سے دُور تھے اس لیے خوش خرم رہتے تھے۔

ایک دن صبح ناشتہ کرنے کے بعد بوڑھے شوہر نے کھڑے ہوتے ہوئے کہا:

"اچھا اب میں ایک چکر بازار کا لگا آؤں؟"

"کیوں، تم بازار کس لیے جانا چاہتے ہو؟" بیوی نے پوچھا

"اپنا گھوڑا بیچنا چاہتا ہوں۔ بہت بوڑھا ہوگیا ہے۔ اس کے علاوہ اب مجھے اس پر بیٹھنے کی ضرورت بھی بہت کم ہوتی ہے۔" میاں نے جواب دیا۔

"ہاں صحیح ہے۔ تم جو بھی سوچتے ہو ٹھیک ہی سوچتے ہو۔" بیوی نے کہا۔

"تم بھی جو کام کرتی ہو اچھا ہی کرتی ہو۔" شوہر نے جواب دیا۔ بیوی اس جواب پر بچوں کی طرح خوش ہوگئی۔ پھر اس نے اپنے شوہر سے پوچھا:

"اچھا یہ تو بتاؤ آج تمھارے لیے کیا پکاؤں؟"

"خانم! ابھی تو ہم ناشتے سے فارغ ہوئے ہیں اور تم کو پھر کھانے کی فکر پڑگئی۔ زیادہ کھانے سے آدمی کا دماغ کام نہیں کرتا۔" بوڑھے نے ہنستے ہوئے جواب دیا۔

"تمھارا دماغ کام نہ کرتا ہوگا۔ میرے ساتھ ایسا نہیں ہوتا۔ میں تو آج "چلبر" بناؤں گی۔" بیوی نے کہا۔

"واہ واہ، واہ، وا، تم کو میری پسند کا کتنا خیال ہے، لیکن خوب مزے دار بنانا۔ لہسن اور دہی خوب ڈالنا۔" بوڑھے نے بیوی کو محبت بھری نظروں سے دیکھا اور سوچنے لگا کہ گھوڑے کو بیچنے سے جو رقم حاصل ہوگی، اس سے سب سے پہلے وہ اپنی محبت کرنے والی اور ہمدرد بیوی کے لیے اچھا سا کرتا اور شلوار خریدے گا۔ ابھی وہ سوچ ہی رہا تھا کہ بیوی بھی اُٹھ کھڑی ہوئی اور اپنے میاں کے اوڑھنے کے لیے چادر لادی اور کہنے لگی:

"اچھا جاؤ، لیکن زیادہ تھکنے کی ضرورت نہیں۔ کام آسانی سے ہوجائے تو اچھا ہے، ورنہ واپس آجانا۔"

بوڑھے نے گھوڑا نکالا، اس پر سوار ہوا اور بیوی کو اللہ حافظ کہہ کر بازار روانہ ہوگیا۔ بیوی کچھ دیر اس کو دور تک جاتے ہوئے دیکھتی رہی اور ہاتھ ہلاتی رہی۔ پھر وہ سوچنے لگی کہ اس کو کتنا اچھا شوہر ملا ہے۔ کبھی اس سے لڑائی جھگڑا نہیں کیا اور کبھی بُرا بھلا نہیں کہا۔ جب بھی بات کرتا ہے نرمی سے کرتا ہے اور ہر کام اس کی خواہش کے مطابق کرتا ہے۔

بوڑھا، گھوڑے کو لیے ہوئے شہر کی طرف جا رہا تھا کہ اس کی نظر ایک آدمی پر پڑی جو ایک موٹی تازی بھیڑ کو رسی میں باندھے لیے جا رہا تھا۔ بوڑھا سمجھ گیا کہ وہ شخص بھی شہر جا رہا ہے تاکہ وہاں اُس بھیڑ کو فروخت کر سکے۔ اُس نے سوچا کہ یہ بھیڑ میں خود کیوں نہ خرید لوں۔ گھر میں اس کا دودھ بھی استعمال ہو سکے گا اور بیوی اس کا اون کات کر کپڑے بھی بُن سکے گی۔ بوڑھے نے آدمی کو آواز دی:

" اے بھائی، ارے بھائی، ذرا اِدھر آنا۔"

" کیا مجھ کو بُلا رہے ہو بڑے میاں؟" آدمی نے بوڑھے سے پوچھا۔

" ہاں تم ہی کو بُلا رہا ہوں، کیا تم یہ بھیڑ بیچنے کے لیے لے جا رہے ہو؟" بوڑھے نے پوچھا۔

" ہاں بھیڑ کو بیچنے شہر جا رہا ہوں۔" آدمی نے قریب آتے ہوئے کہا۔

" میں بھی اپنا گھوڑا بیچنے شہر جا رہا ہوں کیا تم اس گھوڑے کے بدلے اپنی بھیڑ مجھے دے سکتے ہو؟" بوڑھے نے پوچھا۔

" یہ کیا کہہ رہے ہو، بڑے میاں، بھیڑ کے بدلے میں گھوڑا دے رہے ہو۔ بازار میں تم کو گھوڑے کی زیادہ قیمت ملے گی۔" آدمی نے جواب دیا۔

" پیسے میں کیا رکھا ہے، میرے کسی کام نہیں آئے گا۔ غیر ضروری کاموں پر صرف ہو جائے گا، لیکن یہ بھیڑ میری بیوی کے کام آ سکتی ہے۔" بوڑھے نے جواب دیا۔

آدمی کو اس جواب پر بڑا تعجب ہوا۔ سوچنے لگا، سودا تو اچھا ہے۔ بھیڑ دے کر گھوڑا لے لینا چاہیے۔ بازار جا کر اس کو زیادہ قیمت پر بیچ دوں گا۔ وہ راضی ہو گیا اور اپنی بھیڑ دے کر گھوڑا لے

لیا۔ دونوں اس سودے پر خوش تھے۔ آدمی کو زیادہ قیمتی چیز مل گئی اور بوڑھے کو بھیڑ، جس سے وہ اپنی بیوی کو خوش کر سکتا تھا۔ بھیڑ اور گھوڑے کا تبادلہ کرنے کے بعد دونوں پھر اپنے اپنے راستے پر چل دیئے۔

بوڑھا ابھی تھوڑی ہی دُور گیا تھا کہ اس نے ایک آدمی کو دیکھا جو ایک بڑی بطخ کو بغل میں دبائے تیز تیز چلا جارہا تھا۔ بوڑھے نے دیکھا کہ بطخ بہت اچھی ہے اور ایسی موٹی تازی ہے کہ بہت کم بطخیں ایسی موٹی ہوں گی۔ اس نے سوچا کہ اس کی بیوی کو بطخ کا بُھنا گوشت بہت پسند ہے، اس لیے اگر میں بھیڑ کو دے کر یہ بطخ لے لوں تو بیوی بہت خوش ہوگی۔ اس نے بطخ والے کو آواز دی:

"اے بھائی بطخ والے اِدھر تو آؤ۔" جب وہ پاس آگیا تو بوڑھے نے پوچھا:

"کیا تم میری اس بھیڑ کے بدلے میں اپنی بطخ دے سکتے ہو"؟

آدمی بوڑھے کی بات سُن کر حیرت میں پڑ گیا۔ سوچنے لگا کہ کہیں اس کا دماغ تو نہیں چل گیا۔ پھر بولا:

"بڑے میاں اچھی طرح سوچ لو کہ کیا کہہ رہے ہو، بھیڑ دے کر بطخ لے رہے ہو، حال آنکہ آپ کی بھیڑ میری بطخ کے مقابلے میں کہیں زیادہ قیمت پر فروخت ہوسکتی ہے۔"

"تم اس کی پروا نہ کرو۔ مجھے پیسے سے غرض نہیں۔ تمھاری بطخ مجھے پسند آگئی ہے۔ اگر تم اس کو میری بھیڑ کے بدلے میں دے دو تو مجھے بہت خوشی ہوگی۔" بوڑھے نے کہا۔

آدمی کچھ دیر بوڑھے کی شکل دیکھتا رہا، جب اس کو یقین ہوگیا کہ بوڑھا کوئی بیوقوف آدمی نہیں اور نہ اس سے مذاق کر رہا ہے تو

تبادلے پر راضی ہو گیا اور بھیڑ کو لے کر اپنی بطخ اس کو دے دی۔ دونوں نے ایک دوسرے کو اللہ حافظ کہا اور اپنی اپنی راہ چل دیئے۔

ابھی بوڑھا کچھ ہی دُور گیا تھا کہ اُس نے ایک لڑکے کو دیکھا کہ وہ ایک ٹوکری اُٹھائے چلا جا رہا ہے اور ٹوکری میں سُرخ سُرخ رس دار سیب بھرے ہوئے ہیں جن کی خوشبو دُور دُور تک آ رہی ہے۔ بوڑھے کو خیال آیا کہ اس کی بیوی کو ایسے تازہ خوشبودار اور رس بھرے سیب بہت پسند ہیں۔ اگر میں یہ سیب اُس کے لیے لے جاؤں تو وہ بہت خوش ہوگی۔ اس نے لڑکے کو آواز دے کر بلایا اور کہا:

"بچے اِدھر آؤ، کیا تم میری بطخ لے کر سیبوں کی یہ ٹوکری مجھے دے سکتے ہو؟" لڑکے کو بوڑھے کی اس بات پر بڑا تعجب ہوا کہ وہ ان سیبوں کے بدلے میں بطخ دے رہے ہیں۔ لیکن موٹی تازی بطخ کو دیکھ کر لڑکے کے مُنہ میں پانی بھر آیا اور اس نے سیبوں کی ٹوکری دے کر بطخ لے لی۔

بوڑھا اب تھک چکا تھا۔ سامنے ایک چائے خانے پر نظر پڑی۔ سوچا کہ وہاں بیٹھ کر کچھ دیر آرام کر لے۔ وہ چائے خانے میں داخل ہو کر ایک کرسی پر بیٹھ گیا اور ایک پیالی چائے لانے کے لیے کہا۔ ٹھیک اسی وقت ایک پڑھا لکھا سفید پوش شخص بھی چائے خانے میں داخل ہوا اور بوڑھے کے پاس بیٹھ گیا۔ اچانک اُس کی نظر سیبوں کی ٹوکری پر پڑی جس سے خوشبو نکل کر چاروں طرف پھیل رہی تھی۔ اس نے بوڑھے پر ایک نظر ڈالی اور پوچھا:

"کیا تم یہ سیب فروخت کرنے کے لیے بازار لے جا رہے ہو؟"

"نہیں جناب! یہ سیب فروخت کے لیے نہیں ہیں۔ میں ان کو

گھر لے جا رہا ہوں۔ یہ میں نے اپنی بیوی کے لیے لیے ہیں۔" بوڑھے نے جواب دیا۔ دونوں باتیں کر رہے تھے کہ چائے آگئی، اور دونوں چائے پینے لگے۔ باتوں باتوں میں سفید پوش شخص نے بوڑھے سے پوچھا:

"یہ سیب تم نے کس حساب سے خریدے ہیں؟"

"میں اپنا گھوڑا فروخت کرنے کے لیے گھر سے نکلا تھا اور اب اس کے بدلے میں یہ سیب لے جا رہا ہوں۔" بوڑھے نے مسکراتے ہوئے کہا۔ آدمی یہ جواب سُن کر سناٹے میں آ گیا، تعجب اور حیرت سے کہا:

"یعنی تم نے گھوڑا دے کر یہ سیب حاصل کیے ہیں۔"

"نہیں ایسا نہیں ہے۔" بوڑھے نے کہا، "میں نے گھوڑا دے کر ایک بھیڑ لی تھی۔"

"پھر کیا ہوا؟" آدمی نے پوچھا۔ اب اس واقعے سے اس کی دلچسپی بڑھ گئی تھی۔ بوڑھے نے سارا واقعہ شروع سے آخر تک سُنا دیا۔ آدمی یہ کہانی سُن کر حیرت میں رہ گیا۔ اُس کو بوڑھے پر رحم بھی آ رہا تھا اور اس کی عقل پر غصہ بھی آ رہا تھا۔ اس نے بوڑھے پر طنز کرتے ہوئے کہا:

"اب ذرا گھر جا کر دیکھو۔ تمھارے اس کارنامے کو سُن کر تمھاری بیوی کے مزاج کا پارہ آسمان پر چڑھ جائے گا۔ وہ بیچاری اس اُمید میں بیٹھی انتظار کر رہی ہوگی کہ تم گھوڑا بیچ کر کچھ رقم لاؤ گے۔ لیکن جب وہ یہ دیکھے گی کہ رقم کے بدلے تم گھوڑے کو بیچ کر یہ سیب لائے ہو تو وہ تمھاری اچھی طرح خبر لے گی۔"

بوڑھا برابر مسکرائے جا رہا تھا۔ جب آدمی نے اپنی بات ختم کرلی تو اس نے کہا:

"جی نہیں جناب! میری بیوی کو غصہ نہیں آئے گا۔ وہ تو سیبوں پر جان دیتی ہے۔ اس کے علاوہ میری بیوی بڑی خوش مزاج ہے مجھ سے کبھی لڑائی جھگڑا نہیں کرتی۔"

"میرے بھائی! اس خوش فہمی میں نہ رہو۔ گھوڑے جیسی قیمتی چیز دے کر تم اس کی جگہ سیبوں کی ٹوکری لے جارہے ہو اور سمجھتے ہو کہ تمھاری بیوی غصہ نہیں کرے گی بلکہ خوش ہوگی۔ خوب کہی"۔ آدمی نے کہا۔

"تو کیا آپ کے خیال میں یہ سودا بُرا ہے؟ ذرا سونگھیے تو کیسی مشک جیسی خوش بو آرہی ہے"۔ بوڑھے نے کہا۔

"بڑے میاں! یہ فیصلہ یوں نہیں ہوگا۔ ہماری تمھاری شرط رہی۔ تم کہتے ہو کہ بیوی غصے نہیں ہوگی جب کہ میں کہتا ہوں کہ وہ ضرور غصے ہوگی۔ اگر تم شرط جیت گئے تو میں تم کو ایک تھیلی اشرفی دوں گا اور اگر ہار گئے تو تم اتنی ہی اشرفی مجھ کو دینا۔" آدمی نے کہا۔

"بھائی صاحب! آپ فکر نہ کیجیے، میں پھر کہتا ہوں کہ میری بیوی بہت خوش ہوگی۔" بوڑھے نے کہا۔

"تو پھر ایک ایک تھیلی اشرفی کی شرط پکی ہوگئی؟" آدمی نے کہا۔

"میرے بھائی، اشرفیوں کی بات نہ کرو۔ تھیلی بھر اشرفیاں تو بڑی چیز ہیں، میرے پاس تو ایک اشرفی بھی نہیں۔" بوڑھے نے کہا۔

آدمی کو اپنی بات پر اتنا یقین تھا کہ وہ ہر شرط پر تیار تھا چنانچہ اس نے کہا:

"اگر تمھارے پاس اشرفی نہیں تو کوئی حرج نہیں۔ اگر تم جیت گئے تو میں تم کو ایک تھیلی اشرفیاں دوں گا، لیکن اگر تم ہار گئے تو تم مجھے سیبوں کی یہ ٹوکری دے دینا۔"

"آپ بھی عجیب آدمی ہیں۔ اشرفیوں کی قیمت ان سیبوں کے برابر قرار دے رہے ہیں جو میں اپنی بیوی کی خوشی کے لیے لے جا رہا ہوں۔" بوڑھے نے کسی قدر منہ بناتے ہوئے کہا۔

"اچھا چلو! تم کچھ نہ دینا، لیکن اگر میں ہار گیا تو میں تم کو ایک

تھیلی اشرفی دوں گا۔" آدمی نے کہا۔
" میرے بھائی ضد نہ کرو! تم سخت غلط فہمی میں مبتلا ہو۔"
بوڑھے نے کہا۔
" ٹھیک ہے۔ اگر میں تمھارے خیال میں غلط فہمی میں مبتلا ہوں تو تم اس کو دُور کر دو۔ مجھے اپنے ساتھ لے چلو تاکہ میں دیکھ سکوں کہ تمھاری بیوی غصّے ہوتی ہے یا نہیں۔"
آدمی نے اپنی بات پر اتنا اصرار کیا کہ آخرکار بوڑھا راضی ہوگیا اور اس آدمی کو ساتھ لے کر اپنے گھر پہنچ گیا۔ بیوی اپنے شوہر کو دیکھ کر بہت خوش ہوئی اور آدمی کی طرف اشارہ کرتے ہوئے کہا:
" تم مہمان کو بھی ساتھ لے آئے، بہت اچھا کیا، آج میں نے بہت کھانا پکایا ہے۔"
" ہاں، ان صاحب سے چائے خانے میں ملاقات ہوگئی تھی۔ بڑے اچھے آدمی ہیں اس لیے ساتھ لے آیا۔" بوڑھے نے جواب دیا۔
" معاف کیجیے، میری وجہ سے آپ کو تکلیف ہوئی۔" اجنبی نے بوڑھے کی بیوی سے کہا۔
" اس میں تکلیف کی کیا بات ہے۔ مجھے تو آپ کو دیکھ کر بہت خوشی ہوئی۔ ہمارے یہاں تو مہمان آتے رہتے ہیں۔ تشریف لائیے، اندر آکر بیٹھیے۔" بڑی بی نے کہا۔
گھر میں داخل ہوتے ہی بوڑھے نے سیب کی ٹوکری بیوی کو دیتے ہوئے کہا:
" دیکھو میں تمھارے لیے کیا لایا ہوں"؟
بیوی نے ٹوکری پکڑتے ہوئے کہا:
" ارے یہ تو سیب ہیں۔ کتنی اچھی خوشبو آرہی ہے، میں تو سیبوں پر جان دیتی ہوں۔" پھر بڑی بی نے اجنبی آدمی کو مخاطب

کرتے ہوئے کہا:
"میرے شوہر میری خوشی اور پسند کا بہت خیال رکھتے ہیں۔"
"لیکن یہ تو آپ نے پوچھا ہی نہیں کہ یہ سیب آپ کے شوہر نے کس طرح حاصل کیے ہیں؟" اجنبی نے جو بڑی بی کے طرزِ عمل کو دیکھ کر اُلجھن میں پڑ گیا تھا، فوراً جواب دیا۔
"اگرچہ یہ جاننا ضروری نہیں، لیکن آپ کہتے ہیں تو یہ بھی پوچھ لوں گی۔" بڑی بی نے کہا، "لیکن آپ کھڑے کیوں ہیں، بیٹھ جائیے۔"
اس کے بعد بڑی بی باورچی خانے میں گئیں اور کھانا لے کر آ گئیں۔ جب سب دسترخوان کے سامنے بیٹھ گئے تو بڑی بی نے اپنے شوہر کو مخاطب کرتے ہوئے کہا:
"ہاں اب بتاؤ کہ یہ سیب تم کس طرح لائے؟"
"میں جب صبح گھر سے نکلا تو میں نے راستے میں ایک آدمی کو ایک موٹی تازی بھیڑ لے جاتے ہوئے دیکھا۔" بوڑھے نے بتایا۔ ابھی بوڑھے نے جملہ ختم ہی کیا تھا کہ بیوی نے اس کی باتوں میں دلچسپی لیتے ہوئے پوچھا:
"کیا بھیڑ بہت موٹی تھی؟"
"ہاں خوب گوشت اور چربی والی بھیڑ تھی۔" بوڑھے نے جواب دیا۔ پھر اس نے بتایا، "جب میں نے ایسی موٹی تازی بھیڑ دیکھی تو اس آدمی سے پوچھا کہ کیا تم میرے گھوڑے کے بدلے میں یہ بھیڑ دے سکتے ہو؟"
"تو کیا وہ آدمی بھیڑ دینے پر راضی ہوگیا؟" بیوی نے تعجب سے پوچھا "ہاں، وہ آدمی راضی ہوگیا اور میں نے گھوڑا دے کر وہ بھیڑ لے لی۔" بوڑھے نے جواب دیا۔
"یہ تو تم نے بہت اچھا کیا۔ بھیڑ دودھ بھی دیتی ہے اور

اُون بھی۔ ہم دونوں اس کا دودھ استعمال کرسکتے تھے اور میں اس کے اون سے تمھارے لیے کپڑے بُن سکتی تھی۔" بیوی نے خوشی کا اظہار کرتے ہوئے کہا۔

اجنبی آدمی نے جب بڑی بی کو گھوڑے کے بدلے میں بھیڑ لینے پر خوش ہوتے دیکھا تو کہا:

"ذرا اپنے شوہر سے یہ بھی تو پوچھ لو کہ اُس نے اس بھیڑ کا کیا کیا؟"

"ہاں بتاؤ اس بھیڑ کا تم نے کیا کیا؟" بڑی بی نے اپنے شوہر سے پوچھا۔

"میں اس بھیڑ کو لے جارہا تھا کہ ایک آدمی کو ایک بطخ لے جاتے دیکھا، ایسی موٹی اور چربی والی بطخ کہ بس کیا کہوں۔ میں نے سوچا کہ اگر میں بھیڑ دے کر یہ بطخ لے لوں تو ہم دونوں اس کا گوشت بھون کر اور خوب مزے لے لے کر کھائیں گے۔" بوڑھے نے کہا۔

"اللہ تم کتنے اچھے ہو، ہمیشہ میری خوشی اور پسند کا خیال رکھتے ہو، بطخ کا بھنا گوشت کتنا اچھا لگتا ہے۔" بیوی نے کہا۔ اس موقع پر اجنبی نے مداخلت کرتے ہوئے کہا:

"لیکن وہ بطخ بھی نہیں آئی، ذرا پوچھیے تو کیوں نہیں آئی؟"

بیوی نے سوالیہ انداز میں جب شوہر کی طرف دیکھا تو اس نے بتایا:

"میں بطخ لے کر گھر واپس ہونے والا تھا کہ میری نظر ایک لڑکے پر پڑی، جو ایک ٹوکری میں یہ سیب لیے جارہا تھا۔ میں نے سوچا کہ تم کو سیب بہت پسند ہیں اور پچھلے دنوں تم نے سیبوں کی خواہش بھی کی تھی، اس لیے اگر میں سیب لے جاؤں تو تم بہت خوش ہوگی۔"

"یہ تم نے بہت اچھا کیا، تم کتنے اچھے ہو، ہمیشہ میرا خیال رکھتے ہو۔" بیوی نے خوشی کا اظہار کرتے ہوئے کہا۔

اجنبی آدمی، بوڑھے کی بیوی کا یہ ردِ عمل دیکھ کر پریشان ہوگیا۔ اس کے پسینے چھوٹنے لگے۔ کبھی وہ بوڑھے کو دیکھتا کبھی اس کی بیوی کو۔ پھر وہ بڑی بی سے کہنے لگا:

"تم اس بات پر خوش ہو رہی ہو، حالانکہ تم کو اپنے شوہر کی بے وقوفی پر غصہ آنا چاہیے۔"

"اس میں غصے کی کیا بات ہے۔ کیا یہ بات کہ میرا شوہر میرے لیے سیب لایا ہے غصہ کرنے کی ہے۔" بڑی بی نے کہا۔

"لیکن خاتون یہ تو سوچو کہ گھوڑے جیسی قیمتی چیز دے کر اس نے صرف سیب حاصل کیے ہیں۔ کیا یہ نقصان کا سودا نہیں ہے؟" آدمی نے پوچھا۔

"لیکن گھوڑا اب ہمارے کسی کام کا نہ تھا۔" بڑی بی نے کہا۔

"اس کا مطلب یہ ہے کہ تم اپنے شوہر کی اس حرکت پر خوش ہو۔" آدمی نے کہا۔

"ہاں خوش ہوں، بہت خوش ہوں کہ میرا شوہر میری خوشی کے لیے یہ سیب لایا ہے۔ یہ اس کی محبت ہے اور محبت کی کوئی قیمت نہیں ہوتی۔" بڑی بی نے جواب دیا۔

بوڑھے کی بیوی کے اس جواب پر اجنبی کے اوپر گھڑوں پانی پڑ گیا۔ اس سے کوئی جواب نہیں بن پڑا اور اس نے شرم سے نگاہیں نیچی کرلیں۔ بوڑھے نے کنکھیوں سے اس کو دیکھا اور پھر مسکراتے ہوئے بیوی سے کہا:

"اٹھو۔ کھانا نکالو دیکھیں تم نے "چلبر" کیسا بنایا ہے۔"

بیوی نے کھانا نکالتے ہوئے شوہر سے کہا:

"تمہارے جانے کے بعد میں نے گھر کی صفائی کی۔ پھر چلبر بنانے کی تیاریاں کرنے لگی۔ گھر میں سب کچھ موجود تھا، لیکن ادرک موجود نہیں تھا اور بغیر ادرک کے چلبر میں مزہ نہیں آتا۔ پھر تم کو ادرک پسند بھی بہت ہے۔ میں سوچنے لگی کہ کیا کروں۔ اتنے میں موسیٰ گاڑی والا نظر آیا۔ میں نے اس کو آواز دے کر بلایا اور کہا:

"بھیا میں تم کو گھوڑے کی زین دیتی ہوں تم اس کے بدلے ادرک لادو۔"

موسیٰ نے حیران ہوکر پوچھا:

"ادرک کے بدلے میں زین بیچ رہی ہو؟"

"ہاں اور کیا کروں۔ جب گھوڑا نہیں رہا تو زین کا کیا کروں گی۔" میں نے کہا۔ موسیٰ گاڑی والا گیا اور زین کو بیچ کر ادرک لے آیا اور میں نے تمہارے لیے چلبر تیار کر دیا۔"

بوڑھے نے محبت بھری نظر سے بیوی کو دیکھا اور کہا:

"تم کتنی اچھی ہو، ہر وقت میرا خیال رکھتی ہو"۔ پھر اس نے اجنبی کی طرف مسکراتے ہوئے دیکھا اور پوچھا: "میرے بھائی کیا بات ہے؟ تم کو میری بیوی کے اس سودے پر کہ اس نے ادرک کی خاطر زین بیچ دی نہ تو تعجب ہوا اور نہ غصّہ آیا"؟

اجنبی اس سوال پر خاموش رہا۔ اور کوئی جواب نہیں دیا۔ سب کھانے میں مصروف ہوگئے۔ کھانے کے دوران میاں بیوی ہنسی مذاق کی باتیں کرتے رہے۔

"واہ خانم واہ، کیسا اچھا چلبر بنایا ہے"۔ بوڑھے نے تعریف کرتے ہوئے کہا۔ "تمہاری پکائی ہوئی چیز کبھی بُری نہیں ہوتی۔"

"اچھا یہ بتاؤ کہ چلبر کے بعد ہم کیا کھائیں گے"؟ بیوی نے پوچھا

"کیا کھائیں گے تم ہی بتاؤ؟" بوڑھے نے کہا۔
"ہم سیب کھائیں گے۔ مشک جیسی خوشبو والے، تازہ اور رس دار سیب۔" بیوی نے جواب دیا۔ اور سب قہقہہ مار کر ہنسنے لگے۔
اجنبی نے بھی اپنی مہرِ خاموشی توڑی اور اپنی جیب سے اشرفیوں کی تھیلی نکالی اور بوڑھے کی طرف بڑھاتے ہوئے کہا:
"یہ لو میرے بھائی، تمھارا حق، تم شرط جیت گئے اور میں ہار گیا۔"
"نہیں اس کی ضرورت نہیں۔ یہ سب مذاق تھا۔" بوڑھے نے کہا۔
بوڑھا دیر تک انکار کرتا رہا اور اجنبی تھیلی لینے پر اصرار کرتا رہا۔ لیکن جب اُسے یقین ہو گیا کہ اجنبی اشرفیوں کی تھیلی خلوص دل سے دے رہا ہے اور اگر اُس نے نہیں لی تو اس کو رنج ہوگا تو بوڑھے نے بادلِ ناخواستہ اشرفیوں کی تھیلی لے لی۔ اجنبی نے بوڑھے کی طرف سے اشرفیاں قبول کر لینے کے بعد بوڑھے سے کہا:
"میں نے تم کو یہ اشرفیاں محض اس لیے نہیں دی ہیں کہ میں شرط ہار گیا ہوں بلکہ اس لیے بھی دی ہیں کہ آج تم دونوں میاں بیوی نے مجھ کو بہت اچھا سبق سکھایا ہے۔"
"سبحان اللہ! یہ کیا کہہ رہے ہو میرے بھائی، ہم لوگ جاہل گاؤں والے ہیں، تم جیسے شہریوں کو کیا سبق سکھا سکتے ہیں" بوڑھے نے جواب دیا۔
اجنبی کی آنکھوں میں آنسو بھر آئے اور اس نے کہا:
"میرے اَن پڑھ دوست! تم نے مجھ کو پُرسکون اور مطمئن زندگی گزارنے کا نسخہ بتا دیا ہے۔"

# امن کا قافلہ

کہتے ہیں ایک ملک میں ایک بادشاہ تھا۔ وہ بہت بوڑھا ہوگیا تھا' اتنا بوڑھا کہ آخر میں حکومت کے کاموں سے بھی دست بردار ہوگیا تھا۔ اس کے دو بیٹے تھے۔ ایک کا نام تھا ثروت اور دوسرے کا فرہاد۔ بادشاہ نے اپنا ملک ان دونوں بیٹوں میں تقسیم کر دیا۔ ملک کا آدھا حصّہ جو مشرق میں تھا فرہاد کو دیا جو بڑا بیٹا تھا اور ملک کا آدھا حصّہ جو مغرب میں واقع تھا چھوٹے بیٹے ثروت کو دیا۔ آخرکار موت کا وقت بھی آپہنچا اور بوڑھا بادشاہ اس دنیا سے چل بسا۔

باپ کے انتقال کے بعد اس بات پر کہ ملک کا بادشاہ کون ہو دونوں بیٹوں میں اختلاف ہوگیا۔ بڑے بیٹے فرہاد نے اپنے چھوٹے بھائی کو لکھا:

" ابا اب ہمارے درمیان نہیں رہے۔ اللہ اُن کو جنّت نصیب کرے۔ تم جانتے ہو کہ میں ان کا بڑا بیٹا ہوں، باپ کے تخت پر میرا حق ہے۔ حکومت کی باگ ڈور میرے ہاتھ میں ہونی چاہیے، اب میرا حکم چلے گا اور جو کوئی بغاوت کرے گا اور میرے حکم کی خلاف ورزی کرے گا، اُس کا سر اُڑا دیا جائے گا۔"

اس کے جواب میں چھوٹے بیٹے ثروت نے اپنے بھائی کو لکھا:

" ہمارے ابا جان انتقال کر چکے ہیں جس کا ہمیں بہت صدمہ ہے۔

اب ان کے بعد بادشاہت پر میرا حق ہے کیوں کہ ملک اور وطن کی حفاظت کرنے میں سب سے زیادہ بہادری اور دلیری میں نے دکھائی ہے۔ میری وجہ سے دشمن ہماری طرف آنکھ اٹھاکر بھی نہیں دیکھ سکتا۔ میں فوجوں کا سپہ سالار ہوں اور اس حق کی بنا پر اپنی بادشاہت کا اعلان کرتا ہوں۔"

حقیقت میں ثروت ایک بہادر سپہ سالار تھا، اگرچہ وہ عمر میں اپنے بھائی سے چھوٹا تھا، لیکن فوجوں کی کمان اسی کے ہاتھ میں تھی۔ مشکل یہ تھی کہ ملک تقسیم کرنے پر کوئی راضی نہیں تھا۔ ہر ایک یہ چاہتا تھا کہ ملک ایک رہے اور پورے ملک پر وہی حکومت کرے جب کوئی تصفیہ نہ ہوسکا تو دونوں بھائیوں نے ایک دوسرے کے خلاف جنگ کی تیاریاں شروع کر دیں۔

اسی زمانے میں ملک میں ایک غریب کسان رہتا تھا۔ اس کا نام حسین آغا تھا۔ وہ جس زمین پر کھیتی باڑی کرتا تھا وہ ٹھیک ملک کے بیچ میں واقع تھی۔ حسین آغا ایک محنتی انسان تھا۔ دن بھر ہل چلاتا اور کھیت میں کام کرتا تھا۔ اس کا ایک گہرا دوست تھا جو تجارت کا مال ملک کے ایک سرے سے دوسرے سرے تک لاتا اور لے جاتا تھا، اُس کو لوگ " دیلی کاروانجی" کہتے تھے۔ ترکی میں دیلی کے معنی پاگل اور دیوانے کے ہیں۔ گویا لوگ اس کو پاگل یا مجنوں قافلے والا کہتے تھے۔

وہ جب اپنا تجارتی مال لے کر مشرق سے مغرب یا مغرب سے مشرق کی طرف جاتا تھا تو اپنے دوست حسین آغا کے پاس ضرور ٹھیرتا تھا جس کا گھر راستے میں پڑتا تھا۔ دونوں ایک دوسرے سے مل کر بہت خوش ہوتے اور کچھ وقت ہنسی مذاق میں گزارتے۔ ایک دن جب دیلی کاروانجی اپنے قافلے کے ساتھ اس طرف آیا تو حسب دستور دونوں میں باتیں شروع ہوگئیں۔ کاروانجی نے پوچھا، "بھائی حسین آغا کیسی گزر رہی ہے؟"

حسین آغا نے جواب دیا :

"جیسی پہلے گزرتی تھی ویسی ہی گزر رہی ہے۔ کھیت میں ہل چلاتا ہوں، بارش کا انتظار کرتا ہوں پھر فصل پکنے کے لیے دھوپ کا انتظار کرتا ہوں۔ جب یہ سب ہوجاتا ہے تو پن چکی پر جاکر اپنی باری کا انتظار کرتا ہوں۔ مختصر یہ کہ ساری عمر انتظار ہی انتظار میں گزرتی ہے۔ تم اپنی سناؤ، تمہارا کیا حال ہے ؟"

"میرا کیا حال پوچھتے ہو حسین آغا۔" دیلی کاروانجی نے جواب دیا، "مشرق سے سامان اٹھاتا ہوں اور مغرب میں پہنچا دیتا ہوں، پھر مغرب سے سامان لاتا ہوں اور مشرق میں پہنچا دیتا ہوں۔"

دونوں اسی طرح باتوں میں مشغول تھے کہ اچانک حسین آغا خاموش ہوگیا۔ ایسا معلوم ہوتا تھا کہ وہ کوئی بات کہنا چاہتا ہے لیکن کہہ نہیں سکتا۔ کبھی دائیں طرف دیکھتا کبھی بائیں طرف۔ آخر اس سے صبر نہ ہوسکا اور دل کی بات زبان پر لے آیا۔ کہنے لگا :

" پیارے دوست۔ ایک راز ہے جسے کسی سے کہہ نہیں سکتا۔ تم میرے دوست ہو، اگر تم سے کہہ دوں تو کیا تم میری مدد کروگے ؟"

کاروانجی کی نظریں حسین آغا پر جم گئیں۔ لوگ اگرچہ اس کو دیلی یعنی پاگل کہتے تھے، لیکن وہ بڑا ہمت والا انسان تھا، تجربے کار تھا اور ہر قسم کی مصیبتوں کا سامنا کرچکا تھا۔ کہنے لگا :

" حسین آغا ! یہ تم کیا کہہ رہے ہو۔ ہم کھانا ایک دوسرے کے ساتھ مل بیٹھ کر کھاتے ہیں۔ جو کچھ دل میں آتا ہے ایک دوسرے سے کہہ دیتے ہیں۔ چالیس سال ہوچکے ہیں کیا کبھی میں نے تمہاری کسی بات سے انکار کیا ہے۔ کیا تم سمجھتے ہو کہ تمہارا راز میں افشاں کردوں گا ؟ اگر تمھیں کوئی سامان دینا ہو تو اس کو لے جاؤں گا یا تمھیں کوئی چیز درکار ہو تو کہو میں اس کو لادوں گا، تم جو بھی کہوگے وہی کروں گا۔"

اپنے دوست کا جواب سُن کر حسین آغا کا دل مطمئن ہوگیا۔ وہ

کمرے میں گیا اور ایک ڈبا اُٹھا لایا۔ ڈبے کو کھولا تو اس میں سے مٹی کا ایک برتن نکلا جس کا منہ بند تھا۔ کسی پرانے زمانے کا برتن تھا۔ کاروانجی بڑے غور سے دیکھتا رہا، لیکن اس کی سمجھ میں کچھ نہیں آیا۔

"حسین آغا۔ یہ کیا ہے؟" کاروان جی نے پوچھا۔

"تم جانتے ہو، زمین کھودنا میرا کام ہے۔ پچھلے دنوں میں کھیت میں کھُدائی کر رہا تھا کہ یہ برتن مل گیا۔ معلوم ہوتا ہے کہ کسی نے اس کو زمین میں دفن کر دیا ہوگا۔" حسین آغا نے کہا۔

کاروانجی نے پوچھا: "اسے تم نے اب تک کھولا کیوں نہیں۔ ہوسکتا ہے کہ اس کے اندر کوئی قیمتی چیز ہو یا ہوسکتا ہے کہ اس میں سونا بھرا ہو۔ تم اب تک تو مالامال ہوجاتے۔"

"نہیں بھائی۔" حسین آغا نے جواب دیا۔ "ایسی بات نہیں ہے۔ میرا بھی یہی خیال ہے کہ اس میں کوئی قیمتی چیز ہوگی۔ اگر ایسا ہوا تو اس کی وجہ سے میرا تمام سکون غارت ہوجائے گا۔ میں تو ایک غریب کسان ہوں۔ مجھے مال و دولت سے کیا کام۔ میرا خیال ہے کہ اس کو اپنے بادشاہ کو بہ طور ہدیہ پیش کروں۔ اس کا مستحق وہی ہے۔ تم وہاں جاتے رہتے ہو، راستے سے واقف ہو۔ اس کو لے جاؤ اور بادشاہ کو میری طرف سے یہ ہدیہ دے دو۔"

کاروانجی یہ سُن کر اچھل پڑا، حسین آغا سے کہنے لگا:

"یہ تم کیا کہہ رہے ہو، تم میرے بہت اچھے دوست ہو اور میں تمھاری بھلائی چاہتا ہوں۔ تمھاری خواہش پوری کرنا میں اپنا فرض جانتا ہوں، لیکن کیا تمھیں معلوم نہیں کہ بادشاہ کا انتقال ہوگیا ہے اور اس کے دونوں بیٹے فرہاد اور ثروت تخت پر قبضہ کرنا چاہتے ہیں اور اس کے لیے جنگ کی تیاریاں کر رہے ہیں۔"

یہ سُن کر حسین آغا فکر میں پڑ گیا اور کچھ سوچنے لگا۔ اس کو ابھی

تک بادشاہ کے مرنے کی خبر بھی نہیں ملی تھی اور نہ یہ معلوم تھا کہ ملک میں کیا ہورہا ہے۔ اس کو معلوم بھی کیسے ہوسکتا تھا۔ اس کی اپنی چھوٹی سی دنیا تھی جس میں وہ مگن رہتا تھا۔ اس نے نہ کبھی محل دیکھا تھا اور نہ جنگ کے بارے میں کچھ سُنا تھا۔ کچھ دیر تک تو وہ خاموش سوچتا رہا۔ پھر اپنے دوست کاروانجی سے پوچھا:

"یہ دونوں شہزادے کہاں رہتے ہیں؟"

"فرہاد سلطان مشرق میں رہتا ہے جب کہ ثروت سلطان مغرب میں رہتا ہے۔" کاروانجی نے جواب دیا۔

"تم اس وقت کس طرف جارہے ہو؟" حسین آغا نے پوچھا۔

"میں مغرب کی طرف جارہا ہوں جہاں چھوٹا شہزادہ رہتا ہے۔" کاروانجی نے جواب دیا۔

"اچھا تو پھر میری طرف سے یہ تحفہ شہزادہ ثروت کو پیش کردو۔" حسین آغا نے کہا۔ اس پر دیلی کاروانجی نے سوال کیا:

"لینے کو تو میں یہ تحفہ لے جاؤں گا حسین آغا، لیکن میں کہوں گا کیا؟ کیا میں اس سے یہ کہہ دوں کہ شہزادے یہ تحفہ آپ کو حسین آغا نے پیش کیا ہے؟"

"نہیں دوست، ایسا نہ کرنا۔ وہ عظیم شہزادہ مجھ کو کیا جانے۔ تم صرف یہ کہہ دینا کہ میں آپ کے لیے تحفہ لایا ہوں۔"

کاروانجی نے کہا۔" حسین آغا ذرا سوچو، یہ کیسے ہوسکتا ہے۔ مجھ سے پوچھا جاسکتا ہے کہ تحفہ کس چیز کا ہے اور تم نے یہ چیزیں کہاں سے حاصل کیں۔ مجھے چور سمجھ کر پکڑ بھی سکتے ہیں اور قید خانے میں ڈال سکتے ہیں۔"

اس جواب پر حسین آغا پھر فکر میں پڑ گیا۔ تھوڑی دیر تک سوچتا رہا پھر کہا:

"اچھا سنو! دوسرے شہزادے کا کیا نام بتایا تھا تم نے؟ بڑے بھائی کا نام۔"

"فرہاد سلطان، جو مشرق میں رہتا ہے۔" کاروانجی نے جواب دیا۔

"اچھا تو تم ثروت سلطان سے یہ کہہ سکتے ہو کہ یہ تحفہ آپ کو آپ کے بڑے بھائی فرہاد سلطان نے بھیجا ہے۔" حسین آغا نے کہا۔

"کیا غضب کرتے ہو حسین آغا" کاروانجی نے کہا، "دونوں بھائی اس وقت ایک دوسرے سے جنگ کرنے کی تیاری کر رہے ہیں۔ کیا ایسے موقع پر کوئی ایک دوسرے کو تحفے دیا کرتا ہے۔"

"دیلی کاروانجی! تو تو واقعی پاگل ہے۔ حسین آغا کی طرف سے شہزادے کو تحفہ دینا تو تیری عقل میں آجاتا ہے، لیکن شہزادے کی طرف سے شہزادے کو تحفہ دینا تیری کھوپڑی میں نہیں آتا۔ تو دراصل بہانے تلاش کر رہا ہے۔ صاف کیوں نہیں کہہ دیتا کہ میں یہ کام نہیں کرنا چاہتا۔"

یہ کہہ کر حسین آغا منہ پھیر کر بیٹھ گیا۔ کاروانجی نے جب اپنے دوست کو اس طرح ناراض دیکھا تو اس نے حسین آغا سے کہا:

"حسین آغا برا نہ مانو، تم بات کو غلط سمجھے، میرا مطلب وہ نہیں ہے جو تم سمجھ رہے ہو۔"

لیکن حسین آغا نے کوئی جواب نہیں دیا۔ وہ بدستور منہ پھیرے بیٹھا رہا۔ آخر کاروانجی کو رحم آگیا اور اس نے کہا:

"اچھا حسین آغا برا نہ مانو، تم جو کہوگے وہی کروں گا۔ تمہارا تحفہ شہزادے کو پہنچا دوں گا۔"

یہ بات سن کر حسین آغا کے چہرے پر مسرت کی لہر دوڑ گئی اور وہ خوشی کے مارے کاروانجی سے لپٹ گیا۔

کاروانجی نے مٹی کا برتن اٹھا لیا اور اپنے قافلے کے ساتھ مغرب کی طرف روانہ ہوگیا۔ اپنا سامان فروخت کرنے کے بعد وہ ثروت سلطان

کے محل کی طرف چلا۔ وہاں پہنچ کر اس نے شہزادے کو کہلوایا کہ وہ شہزادے کے لیے تحفہ لایا ہے جس کو خود اپنے ہاتھ سے شہزادے کو دے گا۔ شہزادے ثروت سلطان نے یہ سن کر کاروانجی کو اپنے پاس بلالیا اور اس سے پوچھا:

"تم کیا تحفہ لائے ہو، اور کس کی طرف سے لائے ہو"؟

کاروانجی نے جھک کر سلام کیا اور مٹی کا برتن تخت پر رکھتے ہوئے کہا۔

"عالی جاہ، یہ تحفہ فرہاد سلطان نے بھیجا ہے۔"

ثروت سلطان اپنے بھائی کا نام سن کر چونک پڑا اور کہا:

"کیا تمھاری مراد میرے بڑے بھائی فرہاد سلطان سے ہے؟ انھوں نے برتن کے اندر کیا چیز بھیجی ہے؟"

"عالی جاہ، یہ مجھے نہیں معلوم۔" کاروانجی نے جواب دیا۔

شہزادہ ثروت کے دل میں طرح طرح کے شکوک پیدا ہونے لگے۔ شہزادے کے وزیر اور ساتھی بھی حیرت میں تھے اور وہ کبھی کاروانجی کی طرف دیکھتے اور کبھی مٹی کے برتن کی طرف۔ آخرکار ایک امیر نے کہا:

"میرے شہزادے آپ احتیاط سے کام لیں۔ ہوسکتا ہے کہ یہ کوئی دھوکا ہو اور برتن میں زہریلا سانپ یا اسی قسم کی کوئی چیز بند ہو۔"

اس پر ثروت سلطان نے حکم دیا کہ برتن کو دور کردیا جائے اور کاروانجی سے کہا کہ برتن کو وہ خود کھولے۔ کاروانجی خود نہیں جانتا تھا کہ برتن میں کیا ہے، اس لیے وہ خوف زدہ ہوگیا اور سوچنے لگا کہ اگر کہیں خدانخواستہ اس میں سے سانپ نکل آیا تو یہ لوگ مجھے جان سے ہی مار ڈالیں گے۔ اس نے پہلے دائیں بائیں دیکھا اور جب محسوس کیا کہ کھولنے کے علاوہ کوئی چارہ نہیں تو اس نے اللہ کا نام لے کر ڈھکن کھول دیا۔ کیا دیکھتا ہے کہ برتن زر و جواہر، یاقوت، زمرد اور ہیروں سے

بھرا ہوا ہے۔ لوگ بھی آگے بڑھے اور برتن کو اٹھا کر شہزادے کے پاس لے گئے۔ شہزادہ ثروت ان قیمتی جواہرات کو دیکھ کر حیران رہ گیا۔ سوچنے لگا کہ میرے بڑے بھائی نے یہ چیزیں کیوں بھیجی ہیں؟ شاید وہ جنگ سے پہلے اپنی شان و شوکت کا اظہار کر کے مجھے مرعوب کرنا چاہتا ہے اور یہ بتانا چاہتا ہے کہ میں تم سے زیادہ مال و دولت کا مالک ہوں اس لیے بہتر یہی ہے کہ تم بادشاہ بننے کا خواب نہ دیکھو۔ اگر ایسا ہے تو مجھے بھی پیچھے نہیں رہنا چاہیے۔ میرے پاس بھی خزانے میں ایک سے ایک بڑھ کر چیزیں موجود ہیں۔ اس کے بعد شہزادے نے اپنے آدمیوں کو حکم دیا:

"جاؤ، میرے خزانے سے وہ تلوار لے آؤ جس میں یاقوت جڑے ہوئے ہیں اور وہ خلعت بھی لے آؤ جس پر سونے اور چاندی کا کام ہے۔ ہم فرہاد سلطان کو یہ چیزیں تحفے کے طور پر بھیجیں گے"۔

پھر شہزادے نے کاروانجی کو مخاطب کر کے کہا:

"ان تحفوں کو بھی تم ہی لے جاؤ گے، ہاں حفاظت کی خاطر میں تمہارے ساتھ کچھ سپاہی ساتھ کر دوں گا۔"

اس کے بعد شہزادے کے ملازم کاروانجی کو مہمان خانے میں لے گئے۔ اس کی خوب خاطر تواضع کی گئی، اچھے اچھے کھانے کھلائے گئے اور سونے کے لیے آرام دہ بستر دیا۔ دوسرے دن صبح سویرے قافلہ تیار ہو چکا تھا اور محافظ بھی آ گئے تھے۔ چناں چہ کاروانجی اپنی اگلی منزل کی طرف روانہ ہو گیا جب یہ قافلہ ملک کے بیچ میں پہنچا تو کاروانجی نے ٹھیرنے کا حکم دیا۔ یہ وہی جگہ تھی جہاں حسین آغا رہتا تھا۔ حسین آغا نے جب یہ دیکھا کہ اس کا دوست سپاہیوں کے جھرمٹ میں آرہا ہے تو اس کو بڑا تعجب ہوا۔ سوچنے لگا کہ کہیں کاروانجی مصیبت میں تو نہیں گھر گیا، لیکن اس کے ساتھ ہی اس نے دیکھا کہ کاروانجی کے چہرے پر مسکراہٹ کھیل رہی ہے

تو اُسے اطمینان ہوا۔ وہ آتے ہی حسین آغا سے لپٹ گیا۔

" خیر تو ہے کاروانجی؟" حسین آغا نے پوچھا، " قافلے میں اتنے سارے آدمی کیسے نظر آرہے ہیں؟"

" اب ہمارا قافلہ بہت بڑا ہوگیا ہے۔" کاروانجی نے جواب دیا۔

" مٹی کا برتن تم نے شہزادے کے سپرد کردیا یا نہیں؟" حسین آغا نے پوچھا۔

" ہاں وہ تحفہ میں نے شہزادے کو دے دیا، سلطان ثروت کو بڑا تعجب ہوا اور پوچھنے لگا کہ میرے بڑے بھائی نے یہ تحفہ کیوں بھیجا ہے؟ کیا وہ اس طرح اپنی برتری ثابت کرنا چاہتا ہے؟ لیکن حسین آغا، مجھے یہ سب کہاں معلوم، یہ تو تم جانتے ہو کہ فرہاد سلطان نے یہ تحفہ کیوں بھیجا تھا۔"

حسین آغا ہنسنے لگا اور پوچھنے لگا:

" اچھا بتاؤ پھر کیا ہوا؟"

کاروانجی نے کہا، " جو کچھ ہوا وہ سب تمھارے سامنے ہے۔"

" شہزادہ ثروت نے اس خیال سے کہ اس کی بےعزتی نہ ہو۔ اپنے بھائی کو جواب میں قیمتی تحفے بھیجے ہیں اور ان کی حفاظت کے لیے میرے ساتھ سپاہی کردیئے ہیں۔ اب ہم مشرق کی طرف جارہے ہیں تاکہ یہ تحفے فرہاد سلطان کو دے دیں۔"

اس موقع پر حسین آغا نے اپنی روٹی نکالی اور اُسے توڑ کر آدھی خود رکھ لی اور آدھی کاروانجی کو دے دی۔ کاروانجی نے کہا:

" رات کو ان لوگوں نے میری بڑی خاطر تواضع کی اور اچھے اچھے کھانے کھلائے، لیکن حسین آغا! جو مزہ تمھارے ساتھ مل کر اس روٹی کے کھانے میں آتا ہے، وہ ان شاہی کھانوں میں نہیں تھا۔"

اس کے بعد دونوں نے مل کر کھانا کھایا اور دیر تک ایک دوسرے سے ہنستے بولتے رہے۔

کھانے کے بعد کاروانجی نے چلنے کی رخصت مانگی اور پھر وہ اپنے قافلے کے ساتھ مشرق کی طرف روانہ ہوگیا۔ جب یہ قافلہ فرہاد سلطان کے شہر کے پاس پہنچا تو معلوم ہوا کہ قافلے کے آنے کی خبر پہلے ہی پہنچ چکی تھی اور فرہاد سلطان نے بھائی کے تحائف کی خبر سُن کر سواروں کا ایک دستہ خیر مقدم کے لیے بھیج دیا تھا۔ چناں چہ کاروانجی، اپنے آدمیوں اور سواروں کے ساتھ شہر میں داخل ہوا اور تحفے لے کر سیدھا شاہی محل پہنچا۔ کسی نے اس سے کوئی سوال نہیں کیا۔ فرہاد سلطان تخت پر بیٹھا ہوا تھا۔ سلطان کے ساتھ اس کے وزیر اور فوجی افسر بھی دائیں بائیں بیٹھے ہوئے تھے۔ فرہاد سلطان نے کاروانجی کو سفیر سمجھ کر اس طرح خطاب کیا:

"عالی مرتبت سفیر! سُنا ہے کہ میرے بھائی نے آپ کے ہاتھ کوئی چیز میرے لیے بھیجی ہے۔ چوں کہ ہمیں اس کی اطلاع پہلے سے ہوگئی تھی اس لیے ہم آپ کا بڑی بے چینی سے انتظار کر رہے تھے۔ آئیے، یہاں تشریف رکھیے۔"

کاروانجی دل ہی دل میں بہت خوش ہوا کہ بادشاہ اس کو سفیر سمجھ رہا ہے۔ اس نے فرہاد سلطان کی عبا کو بوسہ دیا اور بتائی ہوئی جگہ پر بیٹھ گیا۔ فرہاد سلطان کی نظریں اس کے چہرے پر گڑی ہوئی تھیں اور وہ اس کی باتیں سننے کے لیے بے چین تھا۔ لیکن کاروانجی کے مُنھ سے الفاظ نہیں نکل رہے تھے۔ آخرکار ہمت کر کے کہا:

"میرے بادشاہ۔ آپ کے بھائی ثروت سلطان نے یہ تلوار اور خلعت آپ کو بہ طور تحفہ بھیجی ہے اور درخواست کی ہے کہ آپ ان کو قبول کریں۔"

فرہاد سلطان نے جب ان تحفوں کو دیکھا جو اپنی مثال تھے تو وہ بہت خوش ہوا۔ اس نے کاروانجی سے پوچھا:

"ہم تو جنگ کی تیاریاں کر رہے ہیں اور ثروت سلطان کی فوجوں کا انتظار

کررہے ہیں، لیکن وہ ہمارے مقابلے پر آنے کی بجائے تحفے بھیج رہا ہے۔ آخر ماجرا کیا ہے؟ ہم کیا سمجھیں؟ کیا اس نے کوئی پیغام بھی بھیجا ہے؟ یا کوئی خط لکھا ہے؟"

کاروانجی نے جواب دیا:

عالی جاہ! مجھے کچھ نہیں معلوم، مجھے تو صرف یہ فرض سونپا گیا تھا کہ آپ کے بھائی کے تحفے آپ تک پہنچادوں۔ اس کے علاوہ مجھے نہ کسی بات کی اطلاع ہے اور نہ میرے پاس کوئی خط ہے۔ یہ میری عزت افزائی ہے کہ مجھے سفارت جیسے منصب کے لیے چُنا گیا ہے۔"

فرہاد سلطان نے کچھ سوچا پھر اپنے وزیروں سے کہا:

"میری موتیوں سے جڑی بیٹی حاضر کی جائے میں اس کو اپنے بھائی کو تحفے کے طور پر پیش کروں گا۔" پھر کاروانجی سے مخاطب ہوکر کہا "میرے محترم سفیر! کیا آپ میرے تحفے کو میرے بھائی تک پہنچا دیں گے؟"

کاروانجی نے سر جھکا کر عرض کیا:

"یہ میرے لیے باعث عزت ہوگا۔ میں یہی خدمت انجام دے رہا ہوں۔"

فرہاد سلطان نے کہا: "تو پھر ٹھیک ہے، تم کل روانہ ہوجانا۔ تمھارے ساتھ میں اپنے محافظ بھی بھیجوں گا۔" پھر بادشاہ نے حکم دیا کہ کاروانجی کی دل کھول کر خاطر مدارات کی جائے۔

دوسرے دن جب قافلہ روانہ ہوا تو وہ پہلے سے بھی بڑا ہوگیا تھا۔ اب کاروانجی پہلے کی طرح معمولی قافلہ سالار نہیں تھا، بلکہ کسی فوج کا سپہ سالار نظر آرہا تھا۔ اس مرتبہ بھی جب وہ ملک کے بیچ میں پہنچا تو حسب دستور حسین آغا کے کھیت میں اس نے ڈیرہ ڈالا۔ اب تک جو کچھ پیش آیا تھا اس کی تفصیل اس نے حسین آغا کو بتائی۔ حسین آغا ہنس دیا اور کہنے لگا:

" دیکھتے رہو، تمھارا یہ کارواں انشاء اللہ امن و سلامتی کا کارواں بن جائے گا" اس کے بعد اس نے اپنی روٹی نکالی، اس کے دو حصے کیے اور ایک حصہ اپنے دوست کو دیا۔ دونوں نے مزے لے لے کر روٹی کھائی۔
کھانے کے بعد قافلہ مغرب کی طرف روانہ ہوگیا۔ جب یہ قافلہ ثروت سلطان کے شہر میں پہنچا تو وہاں اس کا جوش و خروش کے ساتھ خیر مقدم کیا گیا کاروانجی کو شہزادے کے حضور میں پیش کیا گیا۔ اس نے شہزادے کے عبا کے دامن کو بوسہ دیا اور فرہاد سلطان کے تحائف پیش کیے۔ ان کو دیکھ کر ثروت سلطان نے کاروانجی سے کہا۔
" میرے بھائی نے دوسری مرتبہ بھی تحفے بھیج دیئے، معاملہ کیا ہے؟ کیا کوئی پیغام بھی بھیجا ہے؟"
کاروانجی نے کہا کہ: " فرہاد سلطان نے بھی مجھ سے یہی سوال کیا تھا، لیکن آپ نے نہ کوئی پیغام بھیجا تھا اور نہ کوئی خط، میں ان کے سامنے کیا پیش کرتا۔"
ثروت سلطان شش و پنج میں پڑ گیا۔ سوچنے لگا کہ میرے بھائی آخر چاہتے کیا ہیں۔ دوسری بار تحفہ بھیجنے کا مطلب یہ ہے کہ وہ کچھ نہ کچھ چاہتے ہیں، شاید کوئی تجویز پیش کرنا یا مشورہ دینا چاہتے ہیں۔ مجھے اس معاملہ پر توجہ سے غور کرنا چاہیے۔ اس کے بعد شہزادے نے حکم دیا۔
مہمانوں کی رہائش کا انتظام کیا جائے اور ان کی اچھی طرح خاطر مدارات کی جائے۔" پھر کاروانجی سے کہا کہ میں اگلے دن صبح آپ سے پھر ملاقات کروں گا۔
کاروانجی نے جواب دیا کہ آپ کا حکم سر آنکھوں پر۔ اس کے بعد وہ مہمان خانے میں اپنے کمرے میں چلا گیا۔
ثروت سلطان اس روز رات بھر سو نہیں سکا۔ مسئلے پر غور کرتا رہا،

اور اپنے وزیروں سے مشورہ کرتا رہا۔ دوسرے دن صبح ہوتے ہی اُس نے اپنے فیصلے سے کاروانجی کو مطلع کرتے ہوئے کہا:

"ہم اس نتیجے پر پہنچے ہیں کہ میرے بڑے بھائی صلح کے لیے بات چیت کرنی چاہتے ہیں۔ اب تم جاکر ان سے کہہ دو کہ اگر وہ یہاں تشریف لے آئیں تو میں گفتگو کے لیے تیار ہوں۔"

کاروانجی کچھ دیر خاموش رہا۔ پھر پہلی مرتبہ اُس نے اپنی رائے کا اظہار کرتے ہوئے کہا:

"میری مجال نہیں کہ میں آپ کی رائے سے اختلاف کروں، لیکن گستاخی معاف وہ آپ کے بڑے بھائی ہیں۔ کیا ان کو یہاں بُلانا مناسب ہوگا؟"

اس جواب پر ثروت سلطان نے کاروانجی کو اس طرح دیکھا کہ وہ یہ سمجھا کہ اب اس کا سر اُڑا دیا جائے گا۔ لیکن چند لمحے بعد ہی سلطان کے چہرے کی سختی نرمی میں بدل گئی اور اس نے کہا:

"شاید تم ٹھیک ہی کہتے ہو، لیکن کیا میرا فرہاد سلطان کے حضور میں جانا مناسب ہوگا؟"

کاروانجی نے اس جواب پر اطمینان کی سانس لی اور کہا:

"جی نہیں میرے سلطان، یہ بھی مناسب نہیں۔ میرے ذہن میں ایک حقیر سا خیال آیا ہے۔ آپ دونوں بھائیوں کو ملک کے بیچوں بیچ ایک دوسرے سے ملاقات کرنی چاہیے۔"

ثروت سلطان نے کچھ دیر سوچا پھر کہا:

"بالکل ٹھیک! تمھاری تجویز ہمیں منظور ہے۔ لیکن ہم دونوں وہاں بغیر فوج اور بغیر ہتھیاروں کے جائیں گے۔ صرف ہمارے سپہ سالار، وزیر اور محافظ ہمارے ساتھ ہوں گے۔"

کاروانجی نے اس تجویز سے اتفاق کیا اور کہا کہ:

"میں اس تجویز کو فرہاد سلطان تک پہنچا دوں گا، جہاں تک جگہ

کا تعلق ہے تو اگر آپ اس کو موزوں سمجھیں تو میری نظر میں ایک جگہ ہے۔ میرا ایک عزیز دوست حسین آغا نام کا ہے، اس کا کھیت ملک کے بالکل بیچ میں ہے، اگر یہ ملاقات اس جگہ ہو تو مناسب رہے گا۔"

ثروت سلطان نے ملاقات کے لیے حسین آغا کے کھیت کو پسند کیا۔ دوسرے دن کاروانجی اپنے آدمیوں اور محافظوں کے ساتھ سفر پر روانہ ہوگیا۔ اب کاروانجی مکمل سفیر بن چکا تھا وہ اب تحفہ نہیں لے جارہا تھا، بلکہ دو حکمرانوں کے درمیان پیغام رسانی کا فرض ادا کررہا تھا۔ جب وہ حسین آغا کی زمین پر پہنچا تو اس کا دوست موجود تھا۔ دونوں نے مل کر کھانا کھایا۔ باتوں باتوں میں کاروانجی نے حسین آغا سے کہا کہ اب تمہاری زمین بڑی اہم ہوگئی ہے، یہاں دو حکمرانوں کے درمیان امن و صلح کی بات چیت ہوگی۔ کچھ دیر دونوں نے ہنسی خوشی میں وقت گزارا، اس کے بعد کاروانجی اپنے سفر پر روانہ ہوگیا۔

کاروانجی نے جب ثروت سلطان کا پیغام فرہاد سلطان کو سنایا تو وہ بہت خوش ہوا اور کہنے لگا:

"اب یہ لڑکا صحیح راستے پر آرہا ہے۔ ٹھیک ہے، مجھے اس کی شرطیں منظور ہیں۔ ایک ہفتے بعد جمعہ کے مبارک دن ہم اس کی مقررکردہ جگہ پر اس سے ملیں گے۔ آپ جائیے اور ہماری منظوری اس تک پہنچا دیجیے۔"

"آپ کا حکم سرآنکھوں پر۔" کاروانجی نے کہا۔ اس کے بعد وہ فوراً واپسی کے سفر پر روانہ ہوگیا۔ حسین آغا کے مکان پر ٹھہرتا ہوا مغرب کی طرف گیا اور فرہاد سلطان کا پیغام ثروت سلطان تک پہنچا دیا۔ اس رات کاروانجی کے اعزاز میں ایک شاندار دعوت دی گئی۔ دوسرے دن دونوں سلطان، ایک مغرب سے اور دوسرا مشرق سے روانہ ہوئے اور حسین آغا کی زمین پر جو ان کے ملک کے وسط میں واقع تھی، پڑاؤ ڈالا۔

دونوں کے درمیان پچیس تیس گز کا فاصلہ تھا۔ دونوں بھائیوں نے ایک دوسرے پر نظر ڈالی۔ فرہاد سلطان نے کاروانجی کو دیکھ کر ہاتھ سے اشارہ کیا۔ وہ بھاگا بھاگا فرہاد سلطان کے پاس آیا اور کہنے لگا:

"فرمائیے، کیا حکم ہے میرے لیے؟"

"اب ہمیں جلد بات چیت شروع کردینی چاہیے" فرہاد سلطان نے کہا۔ اب کاروانجی ثروت سلطان کے پاس گیا اور کہا:

"عالی جاہ، آپ کے بڑے بھائی سلام کہتے ہیں۔"

ثروت سلطان نے جب دیکھا کہ اس کا بڑا بھائی سلام کہلوا رہا ہے تو اس کو بڑی شرمندگی محسوس ہوئی اور اس نے کہا:

"بھائی صاحب تک میرا سلام بھی پہنچا دیجیے اور میری طرف سے ان کے تحفوں پر شکریہ ادا کیجیے۔"

کاروانجی نے جب فرہاد سلطان کو ثروت سلطان کا پیغام پہنچایا تو اس نے کہا کہ "اصل شکریہ کا مستحق تو ثروت ہے جس نے سب سے پہلے تحفہ بھیجا، اُس سے کہو کہ وہ اپنی شرائط پیش کرے۔"

کاروانجی دوڑا دوڑا ثروت سلطان کے پاس گیا اور اس سے کہا کہ "آپ کے بھائی کہتے ہیں کہ ہمیں لڑنا نہیں چاہیے اور ملک تقسیم کرلینا چاہیے یعنی جو جس حصے پر حکومت کررہا ہے وہ اس پر قانع رہے۔"

ثروت سلطان سوچنے لگا کہ ہم دونوں نے صلح نہ کی تو جنگ ہوگی، بلاوجہ خون بہے گا، ملک الٹ پلٹ ہوجائے گا اور دونوں کو نقصان پہنچے گا۔ ضروری نہیں کہ فتح مجھ ہی کو حاصل ہو، اس لیے بہتر یہی ہے کہ بھائی صاحب کی شرائط تسلیم کرلی جائیں اور ملک آپس میں تقسیم کرلیا جائے۔" یہ سوچ کر اُس نے کاروانجی سے کہا کہ بھائی صاحب کو مطلع کردیا جائے کہ مجھے ان کی تجویز منظور ہے۔

چناں چہ کاروانجی نے ثروت سلطان کا پیغام ان الفاظ کے ساتھ

فرہاد سلطان تک پہنچایا:

" عالی جاہ! آپ کے بھائی کہہ رہے ہیں کہ مجھ پر اپنے بڑے بھائی کا احترام لازم ہے۔ خون بہانا مناسب نہیں، اگر بھائی صاحب منظور کریں تو یہ ملک دو حصّوں میں تقسیم کرلیا جائے، تاکہ ہر بھائی کو ایک ایک حصّہ مل جائے۔"

فرہاد سلطان نے خیال کیا کہ اس کا بھائی عجز اور انکساری سے کام لے رہا ہے، لیکن پھر بھی اس کا خیال صحیح معلوم ہوتا ہے۔ علاوہ ازیں جہاں تک فوجی صلاحیت کا تعلق ہے وہ مجھ سے بڑھا ہوا ہے، اس کی فوج بہت طاقت ور ہے اور جنگ میں میری کامیابی مشکل ہے۔ بہتر یہی ہے کہ اس کی تجویز تسلیم کرلی جائے۔ چناں چہ اس نے کاروانجی سے کہا:

" جایئے ثروت سلطان سے کہہ دیجیے کہ اس کی تجویز مجھے منظور ہے۔"

کاروانجی فوراً ثروت سلطان کے پاس پہنچا اور کہا:

" مبارک ہو، آپ کے بھائی صاحب نے آپ کی تجویز منظور کرلی۔ وہ کہتے ہیں اب جب کہ ہم دونوں میں صلح ہوگئی ہے ہمیں ایک دوسرے سے بغل گیر ہونا چاہیے۔"

ثروت سلطان نے سوچا کہ یہ بھی اچھا ہوا کہ یہ تجویز بھائی صاحب کی طرف سے آئی ہے۔ چناں چہ وہ فوراً اپنے خیمے سے نکلا اور دونوں ہاتھ کھول کر اپنے بڑے بھائی کی طرف بڑھا۔ فرہاد سلطان نے جب اپنے بھائی کو اپنی طرف اس حالت میں آتے ہوئے دیکھا تو سمجھ گیا کہ وہ بغل گیر ہونے کے لیے آرہا ہے۔ اُس کی محبت نے بھی جوش مارا اور وہ اپنے بازو پھیلا کر اُس کی طرف بڑھا۔ جب دونوں حسین آغا کے کھیت کے بالکل درمیان میں پہنچ گئے تو ایک دوسرے سے لپٹ گئے۔

اُس طرح ایک غریب کسان کی نیک نیتی اور ایک ایسے سوداگر کی کوششوں کی بدولت، جسے لوگ دلوانہ کہتے تھے بلا وجہ کی خونریزی رُک گئی۔

# چالیس چور

بہت زمانہ ہوا کہ کسی شہر میں ایک غریب لڑکا رہتا تھا جس کا نام عبداللہ تھا۔ اس غریب بچّے کا اس دنیا میں ایک بوڑھی ماں کے علاوہ اور کوئی نہیں تھا۔ ایک دن اس نے اپنی ماں سے پوچھا:
"امّاں! میرے باپ نے میرے لیے ورثے میں کیا چیز چھوڑی ہے؟"
ماں نے ایک ٹھنڈی سانس لی اور کہا:
"بیٹے! ہم جیسے لوگوں کے پاس کیا رکھا ہوتا ہے کہ کوئی مرنے پر اولاد کے لیے چھوڑ جائے۔"
"پھر بھی سوچیے، شاید کوئی چیز چھوڑی ہو۔" عبداللہ نے زور دیتے ہوئے ماں سے کہا۔
"ہاں، بیٹا، یاد آگیا۔ تیرے باپ کے پاس ایک پُرانی ٹوٹی پھوٹی بندوق تھی، اور نمدے کی بنی ہوئی ٹوپی تھی جس کے چاروں طرف گھنٹیاں لگی ہوئی تھیں۔ بس یہی میراث چھوڑی ہے، اس کے علاوہ اور کچھ نہیں۔ دو چھتی کے اوپر رکھی ہوں گی، چڑھ کر دیکھ لو۔" ماں نے جواب دیا۔
عبداللہ یہ سُنتے ہی دو چھتی پر چڑھ گیا اور بندوق اور ٹوپی

اُتار لایا۔ ٹوپی صاف کر کے سر پر اوڑھ لی اور بندوق کو کندھے پر رکھ کر جنگل کی طرف شکار کے لیے نکل گیا۔ اِدھر اُدھر چکر لگاتا رہا۔ پھر پرندوں کے ایک جھُنڈ پر فائر کر کے ایک گولی سے چالیس پرندے مار گرائے۔ سب کو ایک ڈوری سے بندوق کی نال میں باندھ لیا، بندوق کو کندھے پر رکھا اور خوش خوش گاتا ہوا گھر کی طرف چل دیا۔ ابھی تھوڑی دُور ہی گیا تھا کہ راستے میں چالیس چور مِل گئے۔ ان کے سردار نے عبداللہ سے کہا:

"دیکھو لڑکے! ہم چالیس آدمی ہیں اور تمھارے پاس جو پرندے ہیں وہ بھی چالیس ہیں۔ اس لیے یہ سب ہم کو دے دو۔ ان پر ہمارا حق ہے۔"

"یہ پرندے میں نے اپنے لیے شکار کیے ہیں، میں ان کو پکا کر کھاؤں گا۔ تم کو کیوں دے دوں؟" عبداللہ نے جواب دیا۔

چوروں کے سردار نے غصّے میں آکر عبداللہ کے ایک تھپڑ مارا اور چالیس کے چالیس پرندے اس سے چھین لیے۔ پھر اپنے ایک ساتھی سے کہا:

"ان پرندوں کو لے کر میرے گھر چلے جاؤ اور میری بیوی کو دے کر کہنا کہ ان کو پکا کر چاندی کی تھالی میں رکھ دے اور اوپر سے صاف ستھرا کپڑا ڈھک دے۔ میں شام کو آکر تھالی لے جاؤں گا۔"

اس کے بعد انتالیس چور تو اپنے راستے پر روانہ ہو گئے اور ایک چور پرندوں کو لے کر اپنے سردار کے گھر کی طرف چل دیا۔ عبداللہ نے سردار کی بات سُن لی تھی، اس لیے جب چوروں کا آدمی سردار کے گھر کی طرف روانہ ہوا تو عبداللہ بھی اس کے پیچھے پیچھے چھُپتا ہوا چلنے لگا۔ جب چور گھر کے دروازے پر پہنچا تو عبداللہ

ایک آڑ میں چھپ گیا۔ چور نے دروازہ کھٹ کھٹایا۔ اندر سے ایک عورت نے دروازہ کھولا تو چور نے کہا:

"سردار نے یہ چالیس پرندے بھجوائے ہیں اور کہا ہے کہ ان کو پکانے کے بعد ایک چاندی کی تھالی میں رکھ کر کپڑے سے ڈھک دیں۔ میں اندھیرا ہونے کے بعد آؤں گا اور تھالی لے جاؤں گا۔"

یہ کہہ کر چور واپس چلا گیا۔ عبداللہ نے جو پاس ہی ایک درخت کی آڑ میں چھپا ہوا تھا یہ ساری باتیں سُن لیں۔ اس وقت تو وہ وہاں سے چلا گیا، لیکن مغرب کے قریب وہ پھر چوروں کے سردار کے گھر آیا اور دروازہ کھٹ کھٹانے لگا۔ گھر والی نے یہ سمجھا کہ کھانا لینے کے لیے چور آیا ہے۔ اُس نے پرندوں کے گوشت کی تھالی اُٹھائی، اس پر کپڑا ڈھکا اور دروازہ کھول کر وہ تھالی آگے بڑھا دی۔ عبداللہ نے تھالی لے لی اور اس کو ایک طرف رکھ کر ایک کاغذ پر لکھا:

"تم نے اگر میرے چالیس پرندے نہ لیے ہوتے اور مجھے تھپڑ نہ مارا ہوتا تو یہ دن نہ دیکھا ہوتا۔ اور ابھی تو یہ کچھ بھی نہیں ہے، آگے چل کر دیکھو گے کہ تمھارا کیا حشر ہوتا ہے۔"

یہ عبارت لکھ کر عبداللہ نے کاغذ کو چوروں کے سردار کے دروازے پر چپکا دیا اور اپنے گھر روانہ ہو گیا۔ وہ بہت خوش تھا۔ گھر پہنچ کر اس نے ماں سے کہا:

"اماں! دیکھو میں کیا لایا ہوں؟"

ماں پرندوں کا گوشت اور پلاؤ دیکھ کر بہت خوش ہوئی اور دونوں ماں بیٹے نے پہلی مرتبہ مزہ لے لے کر پیٹ بھر کر کھانا کھایا۔ اس کے بعد دونوں اطمینان سے سو گئے۔

اب ذرا ڈاکوؤں کی بھی سُنیے۔ اس کا آدمی عشا کی نماز کے

بعد اپنے سردار کے گھر آیا اور کھانا لینے کے لیے دروازہ کھٹکھٹایا۔ گھر والی نے کہا، "تم پھر کیسے آ گئے؟ ایک آدمی تو پہلے ہی کھانا لے جا چکا ہے۔"

ڈاکو کا آدمی یہ جواب سُن کر حیران رہ گیا۔ اچانک اس کی نظر دروازے پر چپکے ہوئے کاغذ پر پڑی۔ اب وہ سارا معاملہ سمجھ گیا اور بھاگا بھاگا سردار کے پاس پہنچا اور اس کو بتایا کہ عبداللہ نے کیا کیا۔ چوروں کا سردار یہ سُن کر غصے میں آ گیا اور کہنے لگا:

"اچھا بچو عبداللہ! اگر تم کو مزہ نہ چکھایا تو میرا نام نہیں۔"

اس واقعے کے بعد کئی دن گزر گئے۔ ایک دن عبداللہ ایک جھیل کے کنارے بیٹھا ہوا تھا کہ اس کی نظر چالیس چوروں پر پڑی جو اس کی طرف آ رہے تھے، لیکن دُور ہونے کی وجہ سے اس کو دیکھ نہیں سکے۔ عبداللہ فوراً جھیل کے کنارے کیچڑ میں لیٹ گیا اور اپنے مُنہ، سر اور سارے جسم پر کیچڑ مَل لی اور رونا شروع کر دیا۔ جب چور اس کے پاس آئے تو اس کو پہچان نہیں سکے۔ ان کے سردار نے عبداللہ سے پوچھا:

"بچے! تم کو کیا ہوا؟ رو کیوں رہے ہو؟"

"اماں نے مجھے سونے کی بالیاں بنوانے کے لیے دی تھیں، لیکن وہ مجھ سے پانی میں گر گئیں۔ بہت ڈھونڈا، نہیں ملیں۔ اب میں ماں کو کیا جواب دوں گا، اس لیے رو رہا ہوں۔" عبداللہ نے جواب دیا اور پھر پھوٹ پھوٹ کر رونے لگا۔ چوروں کو رحم آ گیا اور ان کے سردار نے اپنے ساتھیوں کو حکم دیا:

"اٹھو، کپڑے اُتار کر تم لوگ فوراً پانی میں چھلانگ لگا دو اور اس وقت تک پانی سے باہر نہ نکلنا جب تک کہ اس غریب بچے کی بالیاں تلاش نہ کر لو۔"

چناں چہ تمام چوروں نے اپنے کپڑے اور جوتے اُتار کر کنارے پر رکھ دیے اور جھیل میں چھلانگ لگا دی۔ لیکن ان کو بالیاں نہیں ملیں۔ آخر میں چوروں کے سردار نے بھی کپڑے اُتار کر تالاب میں چھلانگ لگا دی۔ جب سب غوطے لگا لگا کر تالاب کی تہ میں بالیوں کو تلاش کرنے لگے تو عبداللہ کے چہرے پر ایک شرارت آمیز مسکراہٹ آئی۔ اس نے سب چوروں کے کپڑے اور جوتے جمع کیے اور ان کی گٹھری بنا کر کندھے پر رکھی اور ایک کاغذ پر وہی پُرانی عبارت لکھ کر وہاں سے چل دیا:

" اگر تم نے میرے چالیس پرندے نہ لیے ہوتے اور مجھے تھپڑ نہ مارا ہوتا تو یہ دن نہ دیکھا ہوتا اور ابھی تو یہ کچھ بھی نہیں ہے، آگے چل کر دیکھو گے کہ تمھارا کیا حشر ہوتا ہے۔"

چور آخر میں غوطے لگا لگا کر تھک گئے۔ بالیاں ہوتیں تو ملتیں! جب تھی ہی نہیں تو کہاں سے ملتیں؛ آخر کار مایوس ہو کر ایک ایک کر کے سب باہر نکل آئے۔ باہر نکل کر دیکھا تو وہاں نہ لڑکا تھا، نہ ان کے کپڑے اور نہ جوتے۔ ان کی جگہ ایک کاغذ پڑا ملا۔ کاغذ کی عبارت کو پڑھ کر چوروں کا سردار غصے سے بہت لال پیلا ہوا اور کہنے لگا:

" اچھا بچو! یہ چال تو تمھاری کام یاب ہو گئی، لیکن تم مجھ سے بازی نہیں لے جا سکتے۔ کسی نہ کسی وقت تو میرے ہاتھ لگو گے۔ ساری کسر ایک ساتھ نکال لوں گا۔"

اب مشکل یہ تھی کہ کسی کے پاس پہننے کے لیے نہ کپڑے تھے اور نہ جوتے۔ ان کے جسم بھی مٹی کیچڑ میں بھرے ہوئے تھے۔ چناں چہ انھوں نے ایک آدمی کو باغ باغیچوں اور گھروں کے پیچھے غیر آباد اور سُنسان راستوں سے گھر بھیجا کہ وہ پہننے کے لیے کچھ

کپڑے لے آئے۔ جب یہ کپڑے آ گئے تو سب نے کپڑے پہنے اور اندھیرا ہو جانے کے بعد نہانے کے لیے قریب ترین حمام کی طرف چلے۔

اُدھر عبداللہ بھی غافل نہیں تھا۔ وہ جانتا تھا کہ چور تالاب سے نکلنے کے بعد سب سے پہلے حمام جائیں گے تاکہ نہا دھو کر اپنے جسم کو صاف کر سکیں۔ اس کا یہ بھی خیال تھا کہ اس مقصد سے وہ ایسے حمام کا رُخ کریں گے جو سب سے قریب ہو۔ چناں چہ عبداللہ سب سے پہلے گھر گیا، وہاں چوروں کے کپڑے وغیرہ رکھے اور ان کی جیبوں سے رقم نکالی، سر پر پگڑی باندھی اور مصنوعی داڑھی اور مونچھ لگا کر اس حمام میں پہنچا جو تالاب سے قریب تھا۔ حمام کے مالک سے اس نے رات بھر کے لیے پورا حمام کرائے پر لے لیا اور خود مالک کی جگہ بیٹھ گیا۔ چالیس چور جب شرماتے ہوئے حمام میں پہنچے تو اندھیرا ہو چکا تھا۔ عبداللہ نے جو حمام کے مالک کے بھیس میں تھا، جب ان کو پریشان حال دیکھا تو پوچھا:

"ارے لوگو! کیا ہوا؟ تم سب پریشان کیوں نظر آ رہے ہو؟"

"کیا بتائیں جناب! ہمارا ایک چالاک لڑکے سے سابقہ پڑ گیا ہے اور اس نے ہماری یہ گت بنا دی ہے۔ بس اب صبح کا انتظار ہے۔ ایسا بدلا لوں گا کہ وہ بھی یاد کرے گا۔" چوروں کے سردار نے جواب دیا۔

اس کے بعد جب چور نہانے لگے تو عبداللہ نے کہا:

"اگر تم کہو تو میں تم کو ایک ایسا مرہم دے سکتا ہوں جس کو اگر نہانے سے پہلے جسم پر اچھی طرح مَل دیا جائے تو وہ جسم کی ساری گندگی اور زہر کو نکال پھینکے گا۔"

"اللہ آپ کو خوش رکھے حمام جی بابا! یہ مرہم ہم لوگوں کو ضرور دیجیے۔" چوروں نے ایک ساتھ کہا۔

عبداللہ نے حمام کی باہر کی دیواروں سے کچھ چونا کھرچا، پھر اس میں ایک مٹھی لال مرچ ڈال دی اور سرکے میں اس کو ملا کر مرہم تیار کیا اور مٹی کے ایک برتن میں بھر کر چوروں کے پاس لایا جو اس وقت تک اپنے بدن کو جھاوے سے اچھی طرح رگڑ چکے تھے۔ عبداللہ نے اپنا مرہم ان کی پیٹھ اور جسم پر اچھی طرح مل دیا۔ چور چیخنے چلانے لگے اور کہنے لگے کہ حمام جی بابا اس سے تو بڑی جلن ہو رہی ہے۔

"خاموش رہو اور ذرا برداشت کرو۔" عبداللہ نے کہا، "مرہم ایک اکسیر ہے اور وہ تمھارے جسم کا سارا زہر اور گندگی نکال رہا ہے۔ اگر تھوڑی سی جلن ہو رہی ہے تو ہونے دو۔"

یہ کہہ کر عبداللہ حمام کے باہر نکل آیا، حمام کا نل باہر سے بند کر دیا اور حمام میں تالا لگا کر گھر چل دیا۔ چوروں کے کپڑے اور جوتے اس بار بھی اپنے ساتھ لے گیا اور دروازے پر ایک کاغذ چپکا دیا جس پر لکھا ہوا تھا:

"اگر تم نے میرے چالیس پرندے نہ لیے ہوتے اور مجھے تھپڑ نہ مارا ہوتا تو یہ دن نہ دیکھا ہوتا اور ابھی تو کچھ نہیں ہوا، آگے چل کر دیکھو گے کہ تمھارا کیا حشر ہوتا ہے۔"

عبداللہ تو حمام میں تالا لگا کر اور نل بند کر کے چلا گیا، لیکن چوروں کا برا حال ہو گیا۔ مرہم میں شامل چونے اور مرچ نے ان کے جسم میں آگ لگا دی۔ ہاتھ، پیر، گردن اور سینے میں جلن ہونے لگی اور جسم کے کچھ حصے سوج گئے۔ جب یہ تکلیف ناقابلِ برداشت ہو گئی تو وہ اس تیزی سے نل کی طرف دوڑے کہ نل تک

پہنچنے میں آپس میں گتھم گتھا ہو گئے۔ ایک دوسرے کو دھکا دینے لگے۔ ہر شخص یہ چاہتا تھا کہ نل تک سب سے پہلے وہ پہنچے۔ جب وہ ایک دوسرے کو لاتیں، گھونسے مارتے اور دھکا دیتے ہوئے نلوں تک پہنچے تو دیکھا کہ نلوں میں پانی نہیں ہے۔ درد تکلیف اور جلن کی وجہ سے انھوں نے چیخنا چلانا اور رونا شروع کر دیا۔ ان کی آوازیں پڑوسیوں تک پہنچیں تو وہ بھی حیران ہو گئے کہ یہ کیا ہو رہا ہے۔ چوں کہ رات ہو گئی تھی اور حمام میں تالا لگا ہوا تھا، اس لیے لوگ یہ سمجھے کہ یہ شور جن اور بھوت کر رہے ہیں۔ اس لیے کسی نے حمام تک آنے کی ہمت نہیں کی۔ چور ساری رات اسی مصیبت میں مبتلا رہے۔ ان کے جسموں پر زخم پڑ گئے اور وہ جلن اور درد سے نڈھال ہو کر اور تھک کر فرش پر لیٹ گئے۔

صبح جب حمام کا اصل مالک آیا اور دروازہ کھول کر اندر داخل ہوا تو اس نے چالیس کے چالیس چوروں کو حمام کے اس فرش پر جہاں مالش کی جاتی ہے لیٹے ہوئے دیکھا۔ کوئی آہ آہ کر رہا تھا اور کسی کی آنکھوں میں آنسو تھے۔ ان کا حال پوچھا تو منہ سے آواز نہیں نکل رہی تھی۔ بڑی مشکل سے صورتِ حال بتائی۔ حمام والا اُن کی آپ بیتی سُن کر جلدی سے باہر گیا اور پانی کا نل کھولا۔ چوروں نے پانی سے جسم کو صاف کیا اور جب جسم میں کسی قدر ٹھنڈک پڑ گئی تو باہر نکلے۔ وہاں نہ کپڑے تھے اور نہ جوتے۔ ہاں، دروازے پر عبداللہ کا لکھا ہوا کاغذ چپکا ہوا تھا۔ چوروں کا سردار یہ دیکھ کر غصے سے پاگل ہو گیا اور کہنے لگا،

"اچھا بیٹا عبداللہ! یہ تمھاری حرکت تھی۔ اس مرتبہ بھی تم کام یاب ہو گئے۔ لیکن بچو! کب تک بچو گے؟ ایک نہ ایک دن تو میرے ہاتھ آؤ گے۔ ایسا مزہ چکھاؤں گا کہ ساری زندگی یاد رکھو گے۔"

چوروں نے حمام والے سے غسل کے تولیے لے کر اپنے جسموں کو ڈھانکا اور کرایے کی گاڑی منگوا کر اپنے اپنے گھروں کو روانہ ہو گئے۔ گھر پہنچ کر ہر شخص بستر سے لگ گیا۔ تکلیف سے دن رات آہ آہ کرتے۔ دوا اور علاج بھی شروع کر دیا۔ روزانہ مرہم پٹی کی جانے لگی، لیکن زخم تھے کہ بھرنے میں نہیں آ رہے تھے۔

اس ملک کا بادشاہ ہر سال ایک دن چالیس چوروں کی دعوت کیا کرتا تھا۔ اس موقع پر وہ ان سے پوچھتا تھا کہ انھوں نے سال بھر کیا کیا دیکھا اور کیا کیا کارنامے انجام دیے۔ بادشاہ ان سے اس موقع پر خراج اور تحفے بھی لیا کرتا تھا۔ جب سال کا یہ مقررہ دن آیا تو بادشاہ نے چالیس چوروں کو اس سال بھی دستور کے مطابق دعوت دی۔ لیکن وہ تو چادر اوڑھے بستر پر پڑے کراہ رہے تھے، بادشاہ کے پاس کیسے آتے؟ انھوں نے بادشاہ کے آدمیوں سے یہ کہہ کر کہ ہم بیمار ہیں، اس لیے آنے سے معذور ہیں، معافی مانگ لی۔ لیکن جب بادشاہ کے آدمیوں نے یہ اطلاع بادشاہ تک پہنچائی تو اس کو یقین نہیں آیا کہ چالیس آدمی ایک ہی وقت میں کیسے بیمار پڑ سکتے ہیں۔ بادشاہ غصے میں آ گیا اور اپنے آدمیوں سے کہا:

"تم لوگ واپس جاؤ اور چالیس چوروں سے کہو کہ وہ بیمار ہوں یا نہ ہوں فوراً حاضر ہوں۔ اگر میرا حکم نہ مانا گیا تو سب کو قتل کرا دوں گا۔"

بادشاہ کا جب یہ جلادی حکم چوروں نے سنا تو چاروناچار، روتے، کراہتے، لنگڑاتے ہوئے بادشاہ کے پاس حاضر ہو گئے۔ بادشاہ نے جب ان کو ایسا تباہ حال دیکھا تو اس کا غصہ جاتا رہا۔ اس نے حیرت اور تعجب سے پوچھا:

"تم لوگوں کا یہ حال کیسے ہو گیا؟ تم سب پر یہ کیا بیتی؟"

چوروں کے سردار نے آگے بڑھ کر کہا:

"امان، بادشاہ سلامت، امان! ہمیں ایک چالاک لڑکے نے اس حال تک پہنچا دیا۔ اس نے ایسی چالاکی اور مکاری سے کام لیا کہ ہم سب اس کے جال میں پھنس گئے۔"

اس کے بعد چوروں کے سردار نے سارے واقعات تفصیل سے بادشاہ کو بتا دیے۔ سردار واقعات بیان کر رہا تھا اور باقی چور اس کے پیچھے "ہائے مرا، ہائے مرا" کر رہے تھے۔ بادشاہ نے چوروں کا قصہ سُن کر کہا کہ ایسے چالاک اور مکار شخص کو فوراً گرفتار کرنا چاہیے۔ اسی وقت بادشاہ کے حکم سے ڈھنڈورا پٹوا دیا گیا کہ جس شخص نے ان چالیس چوروں کا یہ حال کیا ہے وہ فوراً بادشاہ کے سامنے حاضر ہو۔ میں اس کو امان دیتا ہوں اور وہ جو کچھ مانگے گا اس کو دیا جائے گا۔ جب لوگوں نے بادشاہ کا یہ اعلان سُنا تو انعام کے لالچ میں بستی کا ہر شخص بادشاہ کے پاس پہنچنے لگا۔ ہر ایک یہی کہتا تھا کہ یہ میرا کارنامہ ہے۔ لیکن جب اس کو چوروں کے سامنے پیش کیا جاتا تھا تو وہ کہہ دیتے تھے کہ یہ شخص وہ نہیں ہے۔ جب عبداللہ کے علاوہ قصبے کا ہر شخص یہ دعوا کر چکا کہ اس نے چوروں کے ساتھ یہ سلوک کیا تھا تو عبداللہ نے اپنی ماں سے کہا:

"اماں! اب مجھے بادشاہ کے سامنے جاکر اعتراف کر لینا چاہیے کہ ان چوروں کی دُرگت میں نے بنائی ہے۔ اس طرح بادشاہ کا مسئلہ بھی حل ہو جائے گا اور میں بادشاہ سے انعام بھی حاصل کر سکوں گا۔"

لیکن ماں نے بیٹے کے اس خیال کی مخالفت کی اور کہا:

"بیٹے! تم ہرگز نہ جانا، بادشاہ تم کو مار ڈالے گا۔"

لیکن عبداللہ نے ماں کی بات نہیں مانی اور بادشاہ کے سامنے جاکر اعتراف کر لیا کہ چالیس چوروں کے ساتھ جو کچھ ہوا، اس کا

ذمے دار میں ہوں۔ جب چوروں نے عبداللہ کو دیکھا تو ایک زبان ہوکر چلا اُٹھے:

"ہاں! یہی وہ چالاک اور مکار عبداللہ ہے جس نے ہماری یہ حالت کر دی ہے۔"

بادشاہ نے اگرچہ معافی دینے اور انعام دینے کا اعلان کیا تھا، لیکن معافی اور انعام ایک طرف رہا اس نے عبداللہ کے اعتراف کے بعد حکم دیا:

"اس خبیث کو قید خانے میں ڈال دو اور کھانے کو سوکھی روٹی اور پانی کے علاوہ کچھ نہ دیا جائے۔"

چناں چہ بادشاہ کے آدمی اس کو پکڑ کر لے گئے اور قید خانے میں بند کر دیا۔ قید خانے میں ہر طرف اندھیرا ہی اندھیرا تھا اور کچھ نظر نہیں آتا تھا۔ عبداللہ کی آنکھیں جب اندھیرے کی عادی ہوگئیں تو اس نے دیکھا کہ کمرے کے ایک کونے میں دو بڑے بڑے پیپے رکھے ہوئے ہیں۔ عبداللہ ان کے پاس گیا اور ان میں ہاتھ ڈال کر دیکھا تو معلوم ہوا کہ ایک پیپے میں تیل بھرا ہوا ہے اور دوسرے پیپے میں شہد بھرا ہوا ہے۔ آنکھیں جب اندھیرے میں اور زیادہ دیکھنے کے قابل ہوگئیں تو اس نے دیکھا کہ کمرے کے ایک اور کونے میں مرغی، بطخ اور دوسرے پرندوں کے پَروں کا ڈھیر لگا ہوا ہے۔ عبداللہ یہ سب دیکھ کر بہت خوش ہوا۔ اب اس کو سوکھی روٹی کے ساتھ کھانے کے لیے شہد اور لیٹنے کے لیے پرندوں کے پَروں کا بستر مل گیا تھا۔

عبداللہ نے اس طرح کئی دن گزار دیے۔ لیکن اس کا دل شہد کھاتے کھاتے اور پَروں کے بستر پر لیٹے لیٹے اُکتا گیا۔ اس کو ایک ایسی زندگی جس میں جدوجہد نہ ہو، شرارت اور شوخی نہ ہو

بے مزہ لگنے لگی۔ سوچنے لگا کہ کچھ کرنا چاہیے۔ قید خانے سے نکلنے کا کوئی راستا نکالنا چاہیے۔ آخر اس کے ذہن میں ایک ترکیب آگئی۔ رات کا کھانا کھانے کے بعد اس نے اپنے کپڑے اُتارے اور پہلے سارے جسم پر تیل مَلا پھر شہد مَل لیا۔اس کے بعد پَروں کے ڈھیر پر لیٹ کر لوٹنے لگا یہاں تک کہ سر سے پیر تک ہر جگہ پَر ہی پَر چپک گئے اور اس کی شکل بھوتوں کی طرح ہو گئی۔ سر پر گھنٹیوں والی ٹوپی پہن لی جو اس کو باپ کی طرف سے میراث میں ملی تھی۔ فرش پر کچھ کیلیں بکھری پڑی تھیں۔ عبداللہ نے ان میں سے ایک کیل اُٹھائی اور سلاخوں میں سے ہاتھ ڈال کر اس سے تالا کھولا اور قید خانے سے باہر آگیا۔ یہاں سے وہ سیدھا بادشاہ کے کمرے کی طرف گیا۔ پہرے داروں نے جب عبداللہ کی ٹوپی کی گھنٹیوں کی آواز سُنی تو اس کی طرف بڑھے۔ لیکن جب اس کی چمکتی آنکھوں اور ڈراؤنی شکل کو دیکھا تو وہ سمجھے کہ بھوت یا جن آگیا ہے اور ڈر کے مارے سب پہرے دار بھاگ گئے۔ عبداللہ اب بادشاہ کے کمرے میں داخل ہوا۔ سب سے پہلے اس نے شمع دان کی بتیوں کو بجھایا، پھر بادشاہ کے پلنگ کی طرف بڑھا۔ بادشاہ گہری نیند میں تھا۔ عبداللہ اس کے سینے پر بیٹھ کر اپنے سر کو ہلانے لگا جس سے ٹوپی کی گھنٹیاں بجنے لگیں۔ بادشاہ گھبرا کر جاگ گیا۔ دیکھا کہ اس کے سینے پر کوئی بیٹھا ہے اور ہر طرف سے گھنٹیوں کی آواز آرہی ہے۔ بادشاہ ڈر کے مارے چیخنے چلّانے لگا:

"ارے یہ کون ہے؟ کیا ہو رہا ہے؟ مجھے بچاؤ۔"

"تمھاری موت آگئی ہے، عمر تمام ہو چکی ہے۔ میں عزرائیل ہوں اور تمھاری جان لینے کے لیے آیا ہوں۔" عبداللہ نے جواب دیا اور اس کے ساتھ ہی بادشاہ کے گلے کو دبانے لگا جس سے بادشاہ کی

سانس گھٹنے لگی اور وہ بے بسی کے انداز میں بولا:

"اماں عزرائیل، اماں! تم جو چاہو گے تم کو دینے کو تیار ہوں لیکن میری جان مت لو۔"

"اگر تم عبداللہ کو قید سے آزاد کر دو تو میں اسی وقت تمھاری جان بخش کر سکتا ہوں۔" عبداللہ نے کہا۔

"ٹھیک ہے عزرائیل، ٹھیک ہے۔ میری جان بخش دو، صبح ہوتے ہی میں پہلا کام یہی کروں گا جو تم نے کہا ہے۔" بادشاہ نے جواب دیا۔

اس کے بعد عبداللہ پھر قید خانے میں واپس آگیا۔ اپنا تمام جسم دھوکر صاف کیا اور پرانے کپڑے پہن کر سو گیا۔ جب صبح وہ جاگا تو اپنی رہائی کے لیے بادشاہ کے حکم کے انتظار میں بیٹھ گیا، لیکن پورا دن گزر گیا اور اس کو قید سے رہائی نہیں ملی۔ رات کا کھانا کھا کر عبداللہ نے پھر اپنے کپڑے اتار ڈالے، جسم پر تیل اور شہد ملا اور پرندوں کے پروں کے ڈھیر پر لوٹ لگا کر پروں کو سر سے پاؤں تک چپکایا اور پچھلی رات کی طرح پھر بادشاہ کے کمرے میں پہنچ گیا اور اس کے سینے پر سوار ہو کر گلا دبانے لگا۔ بادشاہ نے اس مرتبہ پھر عبداللہ کو چھوڑنے کا وعدہ کر کے رہائی حاصل کر لی۔ لیکن جب اگلے دن بھی اس کو رہا نہیں کیا گیا تو تیسری رات عبداللہ پھر بادشاہ کے کمرے میں جاکر اس کے سینے پر سوار ہو گیا اور بادشاہ نے جب پہلے کی طرح اس مرتبہ بھی وعدہ کیا کہ اگر میری جان نہ لی جائے تو میں صبح ہوتے ہی عبداللہ کو رہا کر دوں گا تو عبداللہ نے کہا:

"اب یہ نہیں ہو سکتا، بہت وعدہ خلافی ہو چکی۔ اب تو تمھیں جان دینی ہی پڑے گی۔" یہ کہہ کر اس نے بادشاہ کا گلا اتنے زور سے دبایا کہ اس کی آنکھیں باہر نکل آئیں اور اس نے ہاتھ جوڑ کر اور قسم کھا کر کہا کہ اس مرتبہ وہ وعدہ خلافی نہیں کرے گا اور عبداللہ

کو رہا کر دے گا۔

اس وعدے کے بعد عبداللہ بادشاہ کے سینے سے اُٹھ گیا اور قید خانے میں واپس چلا گیا۔ اپنا جسم صاف کیا اور کپڑے پہن کر سو گیا۔ اگلی صبح ابھی وہ سو ہی رہا تھا کہ قید خانے کا دربان آیا اور کہا:

"اٹھو عبداللہ، تم کو بادشاہ سلامت بُلا رہے ہیں۔" عبداللہ فوراً اُٹھا اور دربان کے ساتھ بادشاہ کے حضور پہنچا۔ بادشاہ نے اس کا خیر مقدم کرتے ہوئے کہا:

"آؤ عبداللہ آؤ، میں تم کو آزاد کرتا ہوں۔ تم اپنی شرارتوں اور چالاکیوں کی کافی سزا پا چکے ہو۔ لیکن آئندہ اس قسم کی حرکتیں نہ کرنا اور قانون کو اپنے ہاتھ میں نہ لینا۔" عبداللہ نے بھی وعدہ کیا کہ وہ کسی کو نہیں ستائے گا۔ اس کے بعد بادشاہ نے عبداللہ کو رہنے کے لیے ایک مکان دیا اور خرچ کے لیے ایک تھیلی اشرفیوں کی دی۔ عبداللہ اپنی ماں کو لے کر نئے گھر میں آ گیا اور دونوں آرام کی زندگی گزارنے لگے۔

# سیب والی تھالی

پُرانے زمانے میں ایک بادشاہ تھا۔ عقل مند، عادل اور رعایا سے محبت کرنے والا۔ لیکن اس میں ایک عیب تھا۔ اسے اپنی عقل مندی پر بہت ناز تھا اور اس معاملے میں کسی کو خاطر میں نہیں لاتا تھا۔ بادشاہ کا ایک اتالیق تھا جسے وہ لالہ کہہ کر پکارتا تھا، بادشاہ کو اسی نے بچپن میں پڑھایا لکھایا تھا اور اس کی تربیت کی تھی۔ بادشاہ اپنے استاد کی بہت عزت کرتا تھا اور تمام باتوں میں اس سے مشورہ کرتا تھا، لیکن آخری فیصلہ اپنی مرضی سے کرتا تھا۔ بادشاہ کبھی کبھی عالموں کو بُلا کر ان سے بحث و مباحثہ بھی کرتا تھا اور جب وہ ان کو بحث میں ہرا دیتا تھا تو اس کا غرور اور بڑھ جاتا تھا اور خود کو دنیا کا سب سے عقل مند انسان سمجھنے لگتا تھا۔ ایک دن لالہ نے بادشاہ کو نصیحت کرتے ہوئے کہا:

"بادشاہ سلامت، ایسا نہ کہیے، کوئی شخص دُنیا میں سب سے زیادہ عقل مند ہونے کا دعوا نہیں کر سکتا۔ دنیا میں ایک سے ایک عقل مند انسان موجود ہے۔"

"لالہ! آپ بجا فرماتے ہیں، دنیا میں ایک سے ایک بڑھ کر عقل مند لوگ موجود ہیں، لیکن میری برابری کوئی نہیں کر سکتا، میں

سب سے زیادہ عقل مند ہوں۔" بادشاہ نے جواب دیا۔

لالہ نے کوئی جواب نہیں دیا، لیکن وہ سوچنے لگا کہ کوئی موقع ایسا نکالنا چاہیے کہ بادشاہ کو سبق مل جائے اور وہ اس دعوے سے دست بردار ہو جائے۔

بادشاہ کے ملک میں مظلوم نامی ایک غریب کمہار رہتا تھا۔ وہ مٹی کے برتن بنا کر بیچا کرتا تھا۔ اس کی آمدنی کا یہی ایک ذریعہ تھا، لیکن جب برسات کا موسم ہوتا تھا اور ہوا میں نمی ہوتی تھی تو اس کے برتن سوکھ نہیں پاتے تھے اور اس کی وجہ سے مظلوم کئی کئی دن اپنے برتن بیچ نہیں سکتا تھا اور فاقوں پر نوبت آجاتی تھی۔ ایسے ہی ایک دن جب مظلوم اپنی دکان میں اداس بیٹھا ہوا تھا، اس کا پڑوسی صرّاف مسکراتا ہوا دکان میں داخل ہوا۔ باتوں باتوں میں مظلوم اپنا رونا رونے لگا کہ بارش کی وجہ سے کئی دن سے ایک پیسے کی آمدنی نہیں ہوئی۔ اگر یہی حال رہا تو کیا کھاؤں گا۔

"تم فکر نہ کرو، مجھ سے قرض لے لو، لیکن اس کے لیے کوئی چیز رہن رکھنا ہوگی۔" صرّاف نے کہا۔

بے چارے مظلوم کے گھر میں کیا رکھا تھا جو رہن رکھ کر قرض لیتا۔ جب اس نے گھر کے سامان پر نظر ڈالی تو نگاہ چاندی کی ایک تھالی پر پڑی جس پر ایک سیب کی تصویر کھدی ہوئی تھی۔ یہ تھالی باپ دادا کی یادگار تھی۔ مظلوم نے رہن میں یہی تھالی صرّاف کو دے دی۔ صرّاف نے اس کے بدلے مظلوم کو صرف دو رُپیے قرض کے طور پر دیے۔ مظلوم نے بہت کہا کہ وہ تھالی کے بدلے اور زیادہ رقم دے، لیکن صراف راضی نہیں ہوا۔

صراف جب مظلوم کی دکان سے نکلا تو اپنے سودے پر بہت خوش تھا۔ مظلوم کی دکان کے پاس اس کا دوست عارف رہتا

تھا۔ عارف عقل مند، سمجھ دار اور دلیر آدمی تھا۔ اس نے جب لالچی صرّاف کو مظلوم کی دکان سے نکلتے ہوئے دیکھا تو سمجھ گیا کہ ضرور دال میں کالا ہے۔ وہ فوراً مظلوم کے پاس آیا اور اس سے پوچھا کہ کیا معاملہ ہے؟ مظلوم نے اپنے اور صرّاف کے درمیان جو کچھ گزرا تھا سب بیان کر دیا۔ عارف کو بہت غصہ آیا اور کہا کہ صرّاف نے تم کو دھوکا دیا ہے۔ عارف نے اپنی جیب سے دو رُپے نکال کر عارف کو دیے اور اس سے کہا:

"جاؤ اور صرّاف کو یہ دو رُپے دے کر اپنی تھالی واپس لے آؤ۔ وہ بڑی قیمتی تھالی ہے۔ اگر تم کو کبھی رقم کی ضرورت ہو تو میرے پاس آجانا، اس سود خور صرّاف کے پاس مت جانا۔"

مظلوم کے چہرے پر خوشی کی لہر دوڑ گئی اور وہ صرّاف کے پاس گیا اور دو رُپے دے کر تھالی واپس کرنے کو کہا، لیکن لالچی صرّاف اپنی بات سے مکر گیا اور کہا:

"اگر تم یہ تھالی واپس لینا چاہتے ہو تو تم کو چھے رُپے دینا ہوں گے۔"

مظلوم اس جواب پر افسردہ ہوگیا اور منہ لٹکائے عارف کے پاس آیا اور اس کو بتایا کہ صراف چھے رُپے سے کم میں تھالی واپس دینے کو تیار نہیں۔ عارف کو بہت غصہ آیا، لیکن خاموش رہا۔ کچھ دیر بعد اس نے اپنی جیب سے چار رُپے اور نکالے اور مظلوم کو دے دیے تا کہ وہ صراف کو چھے رُپے دے کر تھالی واپس لے آئے۔ اب مظلوم پھر بھاگا بھاگا صرّاف کے پاس گیا اور اس کو چھے رُپے دے کر تھالی واپس مانگی۔ صرّاف کو بڑا تعجب ہوا کہ مظلوم کے پاس یہ رقم کہاں سے آگئی۔ بہر حال وہ چار رُپے نفع کما چکا تھا، اس نے تھالی مظلوم کو واپس کر دی۔

تھوڑی دیر بعد عارف اٹھا اور صرّاف کی دُکان پر گیا۔ سلام دعا کے بعد اِدھر اُدھر کی باتیں ہوتی رہیں، پھر عارف نے پوچھا:

"بھائی صرّاف کیا تمھارے پاس چاندی کی وہ تھالی ہے جس پر سیب بنا ہوا ہے اور جس کو تم نے مظلوم سے لیا تھا۔"

"وہ تو مظلوم واپس لے گیا۔ لیکن تمھیں اس کا کیا کرنا ہے۔" صرّاف نے پوچھا۔

"کچھ نہیں، بس میں نے یوں ہی پوچھ لیا تھا۔" عارف نے جواب دیا اور دُکان سے باہر نکل آیا۔

لیکن صرّاف کو اس جواب سے اطمینان نہیں ہوا۔ وہ سمجھ رہا تھا کہ معاملہ کچھ اور ہے۔ اس نے عارف کو جاتے دیکھ کر پھر بلند آواز سے کہا:

"عارف آغا، عارف آغا، میں قربان جاؤں بتایئے تو معاملہ کیا ہے۔"

عارف نے لاپروائی سے جواب دیتے ہوئے کہا:

"کوئی خاص بات نہیں۔ میں نے سنا تھا کہ بادشاہ کو چاندی کی ایک ایسی تھالی درکار ہے جس پر سیب کی تصویر ہو۔ خیال تھا کہ اگر ایسی تھالی مل گئی تو خرید کر بادشاہ کے ہاتھ فروخت کر دوں گا۔ اب جا کر مظلوم سے پوچھتا ہوں۔"

صرّاف نے جب یہ سُنا تو اس کے مُنہ میں پانی بھر آیا۔ سوچنے لگا کہ بادشاہ یقیناً اس کی بہت قیمت دے گا، ہو سکتا ہے کہ اس کو کئی سو رُپے مل جائیں، اسے ہر شکل میں یہ تھالی حاصل کر لینا چاہیے۔ یہ سوچ کر صرّاف جلدی سے اٹھا اور مظلوم کے گھر جانا چاہا۔ وہ ننگے پیر بیٹھے کام کر رہا تھا، جوتے تلاش کیے تو جلدی میں وہ بھی نہیں ملے، گرمی شدید تھی لیکن جب جوتے نہیں ملے تو ننگے پیر نکل کھڑا ہوا۔ عارف کو آواز دی:

"ذرا رُک جاؤ میں بھی آرہا ہوں۔"

عارف نے مڑ کر دیکھا کہ صرّاف ننگے پیر چلا آرہا ہے تو اس نے اپنی رفتار اور تیز کر دی۔ صرّاف نے بھی بھاگنا شروع کر دیا۔ آگے آگے عارف تھا اور پیچھے پیچھے صرّاف۔ راستا چلنے والے صراف کو اس حالت میں دیکھ کر ہنس رہے تھے۔ آخرکار دونوں ہانپتے کانپتے مظلوم کے پاس پہنچ گئے۔

"خیریت تو ہے؟" مظلوم نے پریشانی کے عالم میں پوچھا۔

"مظلوم میں تم سے تھالی خریدنا چاہتا ہوں۔" عارف نے کہا۔

"نہیں مظلوم، یہ تھالی تمھیں میرے ہاتھ فروخت کرنا ہوگی۔" صراف نے کہا۔

مظلوم کی سمجھ میں کچھ نہیں آرہا تھا کہ یہ کیا ہو رہا ہے۔ اس نے تھالی نکالی ہی تھی کہ عارف چیخ پڑا:

"میں اس تھالی کے تم کو دس رُپے دوں گا۔"

صرّاف کب خاموش رہنے والا تھا اس نے بارہ رُپے قیمت لگا دی۔ عارف نے پندرہ کہا تو صراف نے بیس۔ یہاں تک کہ بولی پچاس رُپے تک پہنچ گئی۔ جب صرّاف نے اِکاون رُپے کہے تو عارف خاموش ہو گیا اور مظلوم سے کہا:

"میں پچاس رپے سے زیادہ نہیں دے سکتا، تم تھالی صرّاف کے ہاتھ فروخت کر دو۔ چناں چہ صراف نے رقم مظلوم کے حوالے کی اور تھالی لے لی۔ وہ اپنی کامیابی پر بہت نازاں تھا۔ دکان سے نکلتے ہوئے اس نے عارف سے کہا:

"تم نے بہت قیمت لگا دی تھی، لیکن مجھ سے جیت نہیں سکے۔ آخر میں برسوں سے یہ کام کر رہا ہوں۔"

صراف جب چلچلاتی دھوپ میں ننگے سر اور ننگے پاؤں اُچھلتا ہوا اپنی دُکان کی طرف بھاگا تو عارف نے ایک قہقہہ لگایا اور کہا:

"ذرا اس کو دیکھو تیتر کی طرح اُچھلتا ہوا جا رہا ہے۔"
مظلوم بے چارہ حیرانی کے عالم میں کھڑا ہوا تھا۔ کبھی وہ رقم کی طرف دیکھتا تھا اور کبھی عارف کے چہرے کی طرف۔ جب اس نے عارف کو قہقہہ لگاتے دیکھا تو سمجھا کہ پریشانی اور حیرانی کی کوئی بات نہیں۔ چناں چہ اس نے بھی ہنسنا شروع کر دیا۔
صرّاف اس کے بعد سیدھا گھر گیا، اپنے پاؤں ٹھنڈے کیے، جوتے پہنے، نئے کپڑے پہنے اور شاہی محل کی طرف روانہ ہو گیا۔ جب محل کے دروازے پر پہنچا تو پہرے داروں نے اس کو اندر جانے سے روک دیا۔ صرّاف نے بتایا کہ بادشاہ سیب والی تھالی خریدنا چاہتا ہے اور وہ اس کی خواہش پر یہ تھالی لے کر آیا ہے۔ پہرے داروں نے جب اس کی تحقیقات کی تو معلوم ہوا کہ بادشاہ نے ایسی کسی تھالی کی خواہش نہیں کی۔ صرّاف بہت پریشان ہوا اور سیدھا مظلوم کی دُکان کی طرف بھاگا۔ عارف اور مظلوم دونوں بیٹھے ہوئے باتیں کر رہے تھے۔ صراف نے عارف سے کہا:
"تم تو کہتے تھے کہ بادشاہ کو سیب والی تھالی کی ضرورت ہے، لیکن جب میں یہ تھالی لے کر گیا تو پہرے داروں نے دروازے کے اندر بھی داخل نہیں ہونے دیا۔"
عارف نے کہا:
"میں نے یہی سُنا تھا کہ بادشاہ کو تھالی کی ضرورت ہے۔ اب تمھاری بدقسمتی کہ وہ لینے کو تیار نہیں۔ صراف بھی سمجھ گیا کہ اس سے مذاق کیا گیا ہے۔ چناں چہ وہ بڑبڑاتا ہوا غصّے میں وہاں سے چلا آیا۔ اس کے جانے کے بعد دونوں دوستوں نے زوردار قہقہے لگائے۔
یہ دل چسپ کہانی یہیں ختم نہیں ہوئی، جو بھی سُنتا تھا اس سے لطف اندوز ہوتا تھا اور دوسروں کو سناتا تھا۔ رفتہ رفتہ یہ داستان

شاہی محل کے اندر بھی پہنچ گئی۔ لالہ بھی اس داستان سے لطف اندوز ہوا اور اس نے یہ قصہ بادشاہ کو بھی سنادیا۔ بادشاہ قصہ سُن کر خوب ہنسا اور لالہ سے کہنے لگا:

"میں عارف کی عقل کی تعریف کرتا ہوں، اس کو دربار میں طلب کیجیے تاکہ میں اس سے باتیں کر سکوں۔"

"آپ اس کو دربار میں طلب کر کے کیا کریں گے؟" لالہ نے پوچھا۔

"میں اس سے مقابلہ کروں گا تاکہ معلوم ہو سکے کہ ہم دونوں میں سے کون زیادہ عقل مند ہے۔" بادشاہ نے جواب دیا۔

"چھوڑیے بادشاہ سلامت، یہ ایک مذاق تھا جو عارف نے سودخور صرّاف سے اس لیے کیا کہ وہ اپنے دوست کو اس کے جال سے نکال سکے۔" لالہ نے کہا۔

لیکن بادشاہ اپنی ضد پر قائم رہا اور ایک دن عارف کو بادشاہ کے حضور پیش کر دیا گیا۔ بادشاہ نے اس کو دیکھ کر کہا:

"اچھا، تو عارف تم ہو۔ کیا تم میرے ساتھ اپنی عقل کا مقابلہ کرنا پسند کرو گے؟"

"بادشاہ سلامت میں آپ کی امان چاہتا ہوں، مجھ سے یہ گستاخی نہیں ہو سکتی۔" عارف نے کہا۔

"گھبراؤ نہیں، تم نے جس طرح صرّاف کو پھندے میں پھانسا تھا، ذرا مجھ کو بھی اسی طرح پھانس کر دکھاؤ میں تمھاری ہر خواہش پوری کروں گا۔" بادشاہ نے کہا۔

عارف سوچ میں پڑ گیا۔ اس کی سمجھ میں نہیں آ رہا تھا کہ اس مقابلے سے کس طرح اپنا دامن چھڑائے۔ بادشاہ برابر اصرار کر رہا تھا۔ آخر میں اس نے کہا:

"میں تم کو کل تک سوچنے کی مہلت دیتا ہوں۔ کل صبح

جب تم آؤ گے تو میں تم کو بتاؤں گا کہ اس وقت تمھارے دل میں کیا خیال آرہا ہے اور تم کیا سوچ رہے ہو۔ اس کے بعد تم بتانا کہ میرے دل و دماغ میں کیا بات ہے اور میں کیا سوچ اور سمجھ رہا ہوں۔ اگر تم نے بتا دیا تو کام یاب سمجھے جاؤ گے اور اگر نہیں بتا سکے تو تمھاری ہار سمجھی جائے گی۔ جیتنے والے کو انعام دیا جائے گا اور ہارنے والے کو سزا دی جائے گی۔"

"بادشاہ سلامت، مجھے کیا سزا دی جائے گی؟" عارف نے پوچھا۔

"تم کو یہ اعلان کرنا پڑے گا کہ ہمارا بادشاہ ہم سے زیادہ عقل مند ہے۔" بادشاہ نے کہا۔

"بادشاہ سلامت کی امان چاہتا ہوں، اس اعلان کے لیے مقابلے کی کیا ضرورت ہے۔ میں یہ اعلان ابھی کیے دیتا ہوں۔" عارف نے کہا۔

"نہیں ایسا نہیں ہو سکتا، اعلان کے لیے مقابلہ ضروری ہے۔" بادشاہ نے کہا۔

عارف جب گھر پہنچا تو پریشان اور افسردہ تھا۔ مظلوم کو خبر ملی تو فوراً اس کے پاس آیا اور پوچھنے لگا۔

"عارف آغا! محل میں کیا پیش آیا، بادشاہ تم سے کیا چاہتا تھا۔"

عارف نے پوری کہانی مظلوم کو سنا دی۔ مظلوم کچھ دیر خاموش رہا پھر اس نے کہا:

"عارف آغا! فکر مت کرو۔ تم نے میرے بُرے دنوں میں میری مدد کی تھی۔ اب میں تمھاری مدد کروں گا۔"

عارف نے اس پر حیرت سے نظر ڈالی کہ مظلوم اس کے لیے کیا کرنا چاہتا ہے۔ مظلوم نے بتایا کہ وہ عارف جیسا حلیہ بنا کر داڑھی لگا کر اور ویسے ہی کپڑے پہن کر بادشاہ کے سامنے جائے گا اور خود کو عارف کہہ کر بادشاہ کا سامنا کرے گا۔ عارف نے اس کو

سمجھایا کہ وہ اپنے سر مصیبت مول نہ لے اور اس قسم کی کوئی حرکت نہ کرے، لیکن مظلوم اپنے ارادے پر قائم رہا اور اس نے کہا کہ اگر ایک دوست کی خاطر کوئی مصیبت آتی ہے تو وہ اس کا خیر مقدم کرے گا۔

دوسرے دن مظلوم، عارف کا بھیس بدل کر محل پہنچ گیا۔ بادشاہ کو خبر ہوئی تو وہ بہت خوش ہوا اور اس کو اپنے پاس بلایا اور کہا:

"عارف آغا! میرے قریب آجاؤ اب مقابلہ شروع ہوتا ہے تیار رہو۔"

"تیار ہوں بادشاہ سلامت۔" مظلوم نے کہا۔

بادشاہ نے کہا، "پہلے میری باری ہے اور میں تم کو بتاؤں گا کہ اس وقت تم کیا سوچ رہے ہو۔ میرا جواب یہ ہے کہ اس وقت تم یہ معلوم کرنے کی کوشش کر رہے ہو کہ میں کیا سوچ رہا ہوں اور کیا سمجھ رہا ہوں۔ کیا میرا خیال صحیح ہے؟" بادشاہ نے پوچھا۔

"صحیح ہے بادشاہ سلامت۔" مظلوم نے کہا۔

بادشاہ خوش ہو گیا اور مظلوم سے کہا، "اب تمھاری باری ہے بتاؤ میرے ذہن میں کیا ہے؟"

"بادشاہ سلامت، سب سے پہلے میں یہ عرض کرنا چاہتا ہوں کہ آپ جو کچھ سوچ رہے ہیں اور سمجھ رہے ہیں وہ غلط ہے۔" مظلوم نے کہا۔

"تمھارا کیا مطلب ہے؟" بادشاہ نے ناک بھوں چڑھاتے ہوئے کہا۔

"بادشاہ سلامت! آپ میرے سوال کا صرف ہاں اور نہیں میں جواب دیں۔ کیا آپ مجھے عارف آغا نہیں سمجھ رہے ہیں؟" مظلوم نے کہا۔

"یقیناً ایسا ہی سمجھ رہا ہوں۔" بادشاہ نے جواب دیا۔

"تو میری عرض ہے کہ میں عارف آغا نہیں ہوں۔" مظلوم نے کہا اور اس کے بعد اس نے مصنوعی داڑھی اور ٹوپی اتار دی اور کہا:

"بادشاہ سلامت! میں مظلوم ہوں، مظلوم کمہار۔"

بادشاہ گھبرا کر کھڑا ہو گیا کہ یہ کیا ہو گیا۔ پھر اس نے اپنا سر ندامت سے جھکا لیا اور کہنے لگا:

"تم مجھے دھوکا دینے میں کامیاب ہو گئے، میں ہار گیا۔"

لالہ نے مسکراتے ہوئے بادشاہ کو دیکھا اور کہا:

"بادشاہ سلامت! آپ کو اپنے جیتنے کا اتنا یقین تھا کہ آپ نے یہ بتایا ہی نہیں کہ اگر آپ ہار جائیں گے تو آپ کی سزا کیا ہوگی۔"

بادشاہ نے مظلوم کو مخاطب کرتے ہوئے کہا:

"اس بات کا فیصلہ تم کرو گے عارف۔"

"بادشاہ سلامت! میں عارف نہیں مظلوم ہوں۔"

بادشاہ اس جواب پر چونک گیا اور کہا:

"ہاں مظلوم اس سزا کا فیصلہ تم ہی کرو گے۔"

"بادشاہ سلامت! میں جان کی امان چاہتا ہوں۔ میں اپنی حد سے باہر قدم نہیں رکھ سکتا۔ میں ایک غریب کمہار ہوں۔" مظلوم نے کہا۔

لالہ یہ تمام باتیں سن رہا تھا اور مسکرا رہا تھا۔ اب وہ ایک قدم آگے بڑھا اور بادشاہ سے کہا:

"اگر اجازت ہو تو سزا کا فیصلہ میں کر دوں۔"

"ٹھیک ہے لالہ! ٹھیک ہے۔" بادشاہ نے کہا۔

"تو پھر آپ کی سزا یہ ہے کہ آپ آدمی بھیج کر سارے ملک میں ڈھنڈورا پٹوائیں کہ عقل کے مقابلے میں بادشاہ ہار گیا اور اب اس کا کہنا یہ ہے کہ دنیا میں کوئی یہ دعوا نہیں کر سکتا کہ اس سے بڑھ کر کوئی عقل مند نہیں ہے۔" لالہ نے کہا

بادشاہ کے لیے یہ فیصلہ سخت گزرا، لیکن اس نے اس کو تسلیم کر لیا اور مظلوم کو مخاطب کر کے کہا:

"میں تمھارا اور عارف کا بہت شکر گزار ہوں، تم دونوں نے مجھے بہت اچھا سبق دیا ہے۔ میں تم دونوں کو اشرفیوں کی ایک ایک تھیلی دیتا ہوں۔"

مظلوم نے بادشاہ کی عبا کو پکڑ کر چوما اور نعرہ لگایا:

"بادشاہ سلامت زندہ باد۔"

لالہ نے مسکراتے ہوئے بادشاہ سے کہا:

"میں نے آپ کو ہر چیز سکھائی، لیکن یہ بتانا بھول گیا تھا کہ انسان کو انکساری اختیار کرنا چاہیے اور غرور سے بچنا چاہیے۔ یہ بات ان دو غریب انسانوں نے سکھا دی۔ یہ دونوں عقل اور سمجھ میں مجھ سے اور آپ سے دونوں سے بڑھے ہوئے ہیں۔"

بادشاہ نے خندہ پیشانی سے اپنے استاد کی بات سُنی اور احسان مندی کے طور پر اس کے ہاتھ چوم لیے۔

# بھولا آصف

پرانے زمانے میں ایک گاؤں میں ایک سیدھا سادا اور نیک دل آدمی رہتا تھا۔ ہر شخص کی ہر بات پر یقین کر لیتا تھا اور ہر ایک کے کہنے پر عمل کرنے لگتا تھا۔ وہ جیسا خود صاف دل تھا دوسروں کو بھی ویسا ہی صاف دل سمجھتا تھا۔ لوگ اس کی سادگی اور بھولے پن کی وجہ سے بھولا آصف کہتے تھے۔

اسی گاؤں میں ایک اور شخص بھی رہتا تھا جو آصف سے بالکل مختلف تھا، وہ بڑا چالاک اور مکار تھا۔ اس کا نام جہانگیر تھا، لیکن لوگ اس کو شیطان جہانگیر کہتے تھے۔ ایک دن ایک پڑوسی نے آصف سے کہا کہ اس کے کھیت میں ہر طرف پتھر اور کوڑا پڑا ہوا ہے اس کو صاف کر دو، میں تم کو تمہاری مزدوری دے دوں گا۔ چناں چہ بھولے آصف نے کھیت کو صاف کرنا شروع کر دیا۔ وہ ایک وقت میں ایک پتھر اٹھاتا اور ایک نالے میں جو کھیت کے کنارے تھا جا کر پھینک آتا۔ پھر دوسرا پتھر اٹھاتا اور اس کو پھینک آتا۔ وہ اس طرح محنت کرتے کرتے پسینے میں شرابور ہو گیا، لیکن پتھر تھے کہ ختم ہونے میں نہیں آ رہے تھے۔

آصف اپنے کام میں مصروف تھا کہ شیطان جہانگیر وہاں آ

نکلا اور آصف کو ایک ایک پتھر اُٹھا کر جلدی جلدی لے جاتے دیکھا تو اس کی بیوقوفی پر ہنسنے لگا۔ اُس نے آصف سے کہا:

"بیوقوف آصف! اتنی جلدی کس بات کی ہے، آہستہ آہستہ کام کرو، نہیں تو تھک کر چکنا چور ہو جاؤ گے۔"

آصف نے نظر اُٹھا کر دیکھا تو شیطان جہانگیر کھڑا ہنس رہا تھا۔ آصف نے اس کو سلام کیا اور کہا:

"جہانگیر بھائی! اگر میں آہستہ آہستہ کام کروں گا تو یہ کام شام تک کیسے ختم ہو گا۔"

"میں دیر سے تم کو دیکھ رہا ہوں۔ لوگ واقعی تم کو بلا وجہ ہی بے وقوف آصف نہیں کہتے، اگر تم اسی طرح کام کرتے رہے تو مر جاؤ گے۔" شیطان جہانگیر نے کہا۔

"بھائی پھر تم ہی بتاؤ میں کیسے کام کروں؟ کھیت اتنا بڑا ہے اور ہر طرف پتھر ہی پتھر پھیلے ہوئے ہیں۔ ختم ہونے کا نام نہیں لیتے۔" آصف نے جواب دیا۔

"ذرا عقل سے کام لو، ایک ایک پتھر لاتے رہے تو تمھارا بُرا حال ہو جائے گا۔ اپنے کُرتے کا دامن پھیلاؤ اور اس میں زیادہ سے زیادہ پتھر بھر لو اور پھر اُن کو ایک ہی دفعہ پھینک آؤ۔ اس طرح تم ہر پھیرے میں اتنے پتھر پھینک دو گے جتنے اس وقت پندرہ بیس پھیرے میں پھینکتے ہو۔" جہانگیر نے کہا۔

آصف نے جہانگیر کی طرف غور سے دیکھا اور سوچنے لگا۔ پھر بولا، "جہانگیر بھائی، تم واقعی ٹھیک کہتے ہو۔ تم بڑے عقل مند ہو، لوگ تم کو بلا وجہ چالاک جہانگیر اور شیطان جہانگیر نہیں کہتے۔"

بھولے آصف نے شیطان جہانگیر کی ہدایت کے مطابق کام کرنا شروع کر دیا۔ وہ زیادہ سے زیادہ پتھر اپنی جھولی میں بھر لیتا اور

پھر ان کو نالے میں پھینک آتا۔ شیطان جہانگیر بھی ایک درخت کے سائے میں بیٹھ گیا اور آصف کو کام کرتے دیکھتا رہا۔ جب کام ختم ہو گیا اور کھیت صاف ہو گیا تو بھولا آصف اس کے پاس آیا اور کہنے لگا:

"جہانگیر بھائی تمہارے بتائے ہوئے طریقے پر عمل کرنے سے میرا کام جلدی ختم ہو گیا۔ تمہارا بہت بہت شکریہ! لیکن ذرا مجھے بھی بتاؤ کہ اتنی اچھی ترکیب تم کو کیسے معلوم ہوئی؟"

آصف کے اس سوال پر جہانگیر کے چہرے پر مسکراہٹ پھیل گئی۔ اور اس نے جواب دیا:

"بھیا آصف یہ سب اس دماغ کا کھیل ہے، اس دماغ کا۔ تم بھی اپنا دماغ استعمال کرنا سیکھو، ورنہ ساری عمر گدھے کی طرح بوجھ اٹھاتے گزر جائے گی۔ اگر گدھے کے عقل ہوتی اور وہ اپنا دماغ استعمال کر سکتا تو بوجھ کیوں اٹھاتا۔ لومڑی کو دیکھو! وہ تو بوجھ نہیں اٹھاتی۔"

"ہاں یہ بات تو صحیح کہی! لومڑی واقعی بوجھ نہیں اٹھاتی"۔ آصف نے کہا۔

"وہ بوجھ کیوں اٹھائے جب وہ دماغ رکھتی ہے اور اس کو استعمال کر سکتی ہے؟ اس لیے تم بھی لومڑی سے سبق حاصل کرو۔" جہانگیر نے کہا۔

"جہانگیر بھائی! تم کتنے عقل مند ہو، کتنی دور کی سوچتے ہو۔ مجھ کو بھی اپنی خدمت میں لے لو۔ تاکہ میں اپنا پیٹ آسانی سے بھر سکوں" بھولے آصف نے کہا۔

"نہیں نہیں، یہ نہیں ہو سکتا۔ میں تم جیسے بیوقوف انسان کو اپنے ساتھ نہیں رکھ سکتا"۔ شیطان جہانگیر نے جواب دیا۔

"نہیں۔ کیوں نہیں ہو سکتا۔ ایسی بات مت کہو جہانگیر بھائی۔ میری

مدد کرو۔" بھولے آصف نے التجا کرتے ہوئے کہا۔

"وجہ یہ ہے کہ تم میری بات نہیں مانو گے۔ میں جو کہوں گا وہ تم ہرگز نہیں کرو گے بلکہ اُلٹے میری مشکل بڑھا دو گے۔" جہانگیر نے جواب دیا۔

بھولے آصف نے قسم کھاتے ہوئے کہا:

"نہیں جہانگیر بھائی، ایسا نہیں ہوگا۔ میں تمھاری ہر بات مانوں گا اور جو کہو گے اس پر عمل کروں گا۔"

اس جواب پر شیطان جہانگیر خوش ہوگیا اور اس نے بھولے آصف سے کہا:

"اگر تم یہ وعدہ کرتے ہو تو ٹھیک ہے۔ میں تم کو اپنی نوکری میں لے لیتا ہوں۔ اُٹھو اور اب میرے ساتھ چلو۔ آج بازار لگا ہوگا، ہم شہر چلتے ہیں وہاں پہنچ کر کوئی راستا نکالیں گے۔"

"جہانگیر بھائی! بازار جاکر ہم کیا کریں گے۔ ہمارے پاس بیچنے کے لیے مال بھی تو نہیں اور نہ کچھ خریدنے کے لیے پیسا ہے۔" آصف نے کہا۔

آصف کے اس جواب پر جہانگیر نے جھلّا کر کہا:

"دیکھو تم نے ابھی سے رکاوٹیں ڈالنا شروع کردیں۔ بازار جانے کے لیے مال یا پیسا ہونا ضروری نہیں۔ ہم اپنا دماغ استعمال کریں گے۔"

آصف اس جواب پر اس طرح ہنسا جیسے وہ جہانگیر کی بات کا مذاق اُڑا رہا ہو۔ جہانگیر کو غصہ آگیا اور اس نے کہا:

"اُلو کہیں کے، تم میری بات پر ہنستے ہو، میرا مذاق اُڑا رہے ہو۔"

"نہیں بھائی! میں مذاق نہیں اُڑا رہا۔ میں اس لیے ہنس رہا ہوں کہ تم نے یہ کیسے کہہ دیا کہ ہمارے پاس دماغ ہے۔ جہانگیر بھائی!

میرے پاس دماغ کہاں ؟" آصف نے کہا۔
شیطان جہانگیر کو آصف کے اس جواب پر ہنسی آگئی اور اس نے کہا، "تم اپنی ٹانگیں استعمال کرنا، میں دماغ استعمال کروں گا۔"
دونوں بازار کی طرف روانہ ہوگئے۔ ان کا راستا جنگل میں سے ہوکر جاتا تھا۔ آصف بچوں کی طرح رک کر کبھی دائیں طرف دیکھتا اور کبھی بائیں طرف۔ جیسے وہ کسی چیز کو تلاش کر رہا ہو۔ جہانگیر نے جب اس کی اس حرکت پر نظر ڈالی تو غصّے میں آکر کہنے لگا:
"اگر تم اسی طرح کبھی دو قدم آگے اور پھر دو قدم پیچھے چلتے رہے تو ہم شام تک بازار نہیں پہنچ سکیں گے۔ ابھی اس نے یہ جملہ ختم ہی کیا تھا کہ آصف دوڑتا ہوا اس کے پاس آیا اور کہا:
"دیکھو جہانگیر! مجھے یہ کیا ملا ؟
"بتاؤ۔ یہ کیا ہے، ارے یہ تو تھیلی ہے اور اس میں اشرفیاں بھری ہیں۔" شیطان جہانگیر نے تھیلی کو دیکھ کر کہا۔
"اشرفیاں ہیں! ذرا مجھے بھی دکھاؤ کیسی ہوتی ہیں۔ میں نے اشرفی کبھی نہیں دیکھی۔ معلوم نہیں اس کا مالک کون ہے۔ اس کے مالک کا پتا کیسے چلے گا"؟ بھولے آصف نے پوچھا۔
"کھویا ہوا مال اُس کا ہوتا ہے جس کو مل جائے۔" شیطان جہانگیر نے جواب دیا۔
"اچھا تو پھر یہ ہمارا مال ہے۔ اگر ایسا ہے تو ہم دونوں اس کو آپس میں بانٹ لیتے ہیں۔ آدھا آپ کا اور آدھا میرا۔" بھولے آصف نے کہا۔
شیطان جہانگیر کچھ دیر سوچتا رہا، پھر اُس نے آصف سے کہا:
"میرے دماغ میں ایک بات آئی ہے۔ ظاہر ہے کہ یہ تھیلی ہم دونوں کی ہے۔ لیکن اشرفیوں کو ابھی تقسیم کرنا ٹھیک نہیں۔ پہلے

ہم کچھ سرمایہ جمع کر لیتے ہیں۔"

"اس سے کیا فائدہ؟" بھولے آصف نے پوچھا۔

"سرمائے سے ہمارا مطلب یہ ہے کہ کوئی کاروبار شروع کرنے سے پہلے یہ اشرفیاں ہم دونوں کا سرمایہ ہوں گی۔ فی الحال ہم اس کو اس درخت کے نیچے گاڑ دیتے ہیں۔ جب ہم یہ فیصلہ کرلیں گے کہ کون سا کام شروع کیا جائے تو اس وقت یہاں آکر اشرفیوں کی تھیلی کو نکال لیں گے؟" شیطان جہانگیر نے کہا۔

آصف اس تجویز پر راضی ہوگیا اور ان دونوں نے اشرفیوں کی تھیلی کو ایک درخت کی جڑ میں گاڑ دیا تاکہ اگلی صبح آکر اس کو نکال لیں گے۔ اس کے بعد دونوں اپنے اپنے گھر کی طرف روانہ ہوگئے۔ آصف بہت خوش تھا۔ اس کا ذہن طرح طرح کے خیالی پلاؤ تیار کر رہا تھا۔ کبھی سوچتا کہ وہ اس رقم سے گھوڑا خریدے گا، کبھی سوچتا کہ شادی کرلے تو بہتر ہے، کبھی گھر خریدنے کا منصوبہ بناتا۔ غرض اسی ادھیڑبن میں اس کو نیند آگئی۔

بھولا آصف تو سوگیا، لیکن جہانگیر گھر آکر سویا نہیں۔ وہ اپنے شیطانی منصوبے تیار کرنے میں لگ گیا۔ جب رات ہوگئی تو وہ خاموشی سے گھر سے نکلا اور اس درخت کے پاس آیا جہاں دونوں نے اشرفیوں کی تھیلی گاڑی تھی۔ اس نے گڑھا کھود کر تھیلی نکال لی۔ اس کے چہرے پر شیطانی مسکراہٹ تھی اور وہ دل ہی دل میں کہہ رہا تھا کہ بھولے آصف، میرے ساجھی، میرے حصہ دار، معاف کرنا، اگر دنیا میں تم جیسے بیوقوف لوگ نہ ہوں تو ہم جیسے چالاک لوگوں کی گزر بسر کیسے ہوسکتی ہے؟

جہانگیر جب گھر پہنچا تو اس کے چہرے پر غیر معمولی خوشی دیکھ کر بیوی نے پوچھا:

"ارے بدبخت! کیا آج پھر کوئی شیطانی حرکت کی تو نے؟"
جہانگیر نے اشرفیوں کی تھیلی کو اُچھالتے ہوئے کہا:
"ارے دیکھ نیک بخت! اشرفیوں کی تھیلی لایا ہوں۔"
"یہ تجھے کہاں ملی؟ کیا کہیں سے........"
ابھی بیوی نے جملہ ختم بھی نہیں کیا تھا کہ جہانگیر بول پڑا:
"ہاں ہاں الزام لگا دو کہ کہیں سے چرائی ہے۔ کیا میں تمہارے خیال میں چور ہوں۔ مجھے تو یہ تھیلی ایک جگہ پڑی ہوئی مل گئی بلکہ زیادہ صحیح یہ ہے کہ مجھے کاروبار کرنے کے لیے ایک حصہ دار مل گیا ہے"
"کون ہے وہ حصہ دار؟ ذرا مجھے بھی تو معلوم ہو؟" بیوی نے پوچھا
جہانگیر نے اپنی بیوی کو سارا قصہ سُنا دیا اور اس سے وعدہ لیا کہ وہ کسی کو یہ بات نہیں بتائے گی۔ بیوی کو اگرچہ اپنے شوہر کی یہ حرکت پسند نہیں آئی، لیکن گھر میں دولت آتے دیکھ کر اس کی رال بھی ٹپک پڑی اور اس نے خاموشی اختیار کرلی۔

دوسرے دن آصف علی الصباح جہانگیر کے گھر پہنچ گیا اور جہانگیر سے پوچھا: کیا تم نے سوچ لیا کہ اب کیا کام کروگے؟ میں نے بہت سوچا، لیکن چوں کہ میرے دماغ نہیں ہے اس لیے کچھ سمجھ میں نہیں آیا۔"

"ہاں سوچ لیا! بہت سے کام ہیں جو کیے جا سکتے ہیں۔" جہانگیر نے کھسیانی ہنسی ہنستے ہوئے کہا۔

"زندہ باد میرے دوست! آؤ اب چل کر اشرفیوں کی تھیلی نکال لائیں۔" بھولے آصف نے کہا۔

"ہاں چلو۔" جہانگیر نے کہا۔ روانہ ہونے سے پہلے وہ اپنی بیوی کے پاس گیا اور اس سے کہا کہ جس درخت کی جڑ میں اشرفیاں گاڑی تھیں وہ نیچے سے کھوکھلا ہے، تم جاکر وہاں چھپ جاؤ۔ جہانگیر

نے بیوی کو یہ بھی بتا دیا کہ وہ جب درخت کے پاس اونچی آواز سے کوئی سوال کرے تو وہ اس کا کیا جواب دے۔اس کے بعد جہانگیر اور آصف دونوں روانہ ہو گئے۔ آصف بیٹھے بیٹھے خوابوں میں کھویا ہوا جہانگیر کے پیچھے پیچھے چلا جا رہا تھا۔ یہاں تک کہ دونوں اس درخت کے پاس پہنچ گئے جہاں انھوں نے اشرفیاں گاڑی تھیں۔ آصف نے جلدی جلدی زمین کھودی، لیکن وہاں تھیلی موجود نہیں تھی۔

"یا اللہ یہ کیا ہوا۔ میں نے تو اسی جگہ تھیلی گاڑی تھی اور ایک ٹہنی پہچان کے لیے اس پر لگا دی تھی۔" آصف نے گھبراتے ہوئے کہا۔

"کیا کہا؟ کیا تم نے ٹہنی گاڑ دی تھی۔ یہ کیا بیوقوفی کی۔ اس طرح تو تم نے راز افشا کر دیا۔ جس نے بھی اس ٹہنی کو گڑا ہوا دیکھا ہوگا اس کو پتا چل گیا ہوگا کہ یہاں کوئی چیز چھپائی گئی ہے۔" جہانگیر نے غصہ کے انداز میں کہا۔

آصف نے اپنا سر پیٹ لیا اور رو رو کر کہنے لگا "ہائے یہ میں نے کیا کیا، سارا سرمایہ چلا گیا، اشرفیاں چلی گئیں۔ اب ہم کیا کریں؟"

"رونا دھونا بند کرو اور مجھے سوچنے دو کہ اب کیا کیا جائے۔" جہانگیر نے جواب دیا۔

"اللہ کے لیے کچھ سوچو بھائی جہانگیر، کوئی حل نکالو۔" آصف نے کہا۔

تھوڑی دیر سوچنے کے بعد جہانگیر چلا اٹھا:

"ڈھونڈ لیا، ڈھونڈ لیا، میں نے حل ڈھونڈ لیا۔ ہم درخت سے معلوم کریں گے اور اس سے پوچھیں گے کہ ہماری تھیلی کہاں گئی؟"

"درخت سے معلوم کرو گے! یہ کیا کہہ رہے ہو؟ درخت بھی کہیں بولتے ہیں"؟ آصف نے حیرت سے کہا۔

"میں درخت کو بلوانا جانتا ہوں۔ ذرا ٹھیرو اور میرا کمال دیکھو۔ جہانگیر

نے کہا۔ پھر اُس نے مُنہ ہی مُنہ میں کچھ پڑھنا شروع کر دیا جیسے وہ کوئی عمل کر رہا ہو۔ آصف نے جب جہانگیر کو عمل پڑھتے دیکھا تو اس کے دل میں شک پیدا ہوا کہ اشرفی کی تھیلی کہیں جہانگیر ہی نے نہ نکال لی ہو۔ اس نے جہانگیر سے کہا:

"بھائی جہانگیر! اشرفیوں کی تھیلی گاڑے جانے کا علم صرف دو آدمیوں کو تھا۔ ایک تم کو اور دوسرے مجھ کو۔ لیکن میں نے تو تھیلی نہیں نکالی۔ اب صرف.........."

ابھی آصف جملہ مکمل کرنے نہیں پایا تھا کہ جہانگیر نے جو عمل پڑھنے میں مصروف تھا اس کی طرف کن انکھیوں سے دیکھ رہا تھا، بڑبڑاتے ہوئے کہا:

"کیا کہنا چاہتے ہو؟ کیا میں نے تھیلی لی ہے؟"

"کیا کسی تیسرے کو معلوم تھا کہ یہاں تھیلی گڑی ہے؟" آصف نے جواب دیا۔

جہانگیر نے عمل ختم کر دیا اور آصف سے کہا:

"ایک تو تم نے لکڑی گاڑ کر بھانڈا پھوڑ دیا اور پھر بھی مجھ پر الزام لگاتے ہو۔ بڑے افسوس کی بات ہے آصف۔ ہم دونوں کا چالیس سال کا ساتھ ہے۔ کیا اپنے اتنے پرانے ساتھی پر شک کرنا چاہیے؟"

"ہاں مجھے تم پر شک ہے۔" آصف نے ہمت سے کام لیتے ہوئے کہا، اُس نے کہا۔ "اگر تم نے تھیلی نہیں لی تو اس کا کوئی ثبوت دو۔ کوئی ایسا گواہ پیش کرو جو یہ کہہ سکے کہ تم نے تھیلی نہیں لی۔"

"بیوقوف آدمی! ملزم یہ ثابت نہیں کرتا کہ اس نے چوری نہیں کی ہاں مدعی یعنی الزام لگانے والے کو ثابت کرنا ہوتا ہے کہ اس کا الزام صحیح ہے!" جہانگیر نے کہا۔

"میں یہ کچھ نہیں جانتا۔ تم کو ثابت کرنا ہوگا کہ تم نے تھیلی نہیں لی۔" آصف نے کہا۔

جہانگیر شیطانی انداز میں مُسکرایا اور پھر کہا:

"ٹھیک ہے۔ میں گواہ پیش کرتا ہوں۔ ہم درخت سے پوچھیں گے اور اس کی گواہی لیں گے۔ اب خاموش ہو جاؤ اور میرا دماغ نہ کھاؤ۔"

جہانگیر نے پھر زیرِ لب بڑبڑانا شروع کر دیا۔ آصف خاموش کھڑا اس کو دیکھتا رہا۔ اتنے میں جہانگیر نے اپنے دونوں ہاتھ اوپر اُٹھائے اور بلند آواز سے کہا:

"اے درخت! پیارے درخت! تو کب تک یوں خاموش کھڑا رہے گا۔ حقیقت کو ظاہر کر اور سچ بات کا اعلان کر۔ آصف مجھ پر الزام لگا رہا ہے، تو مجھ کو اس الزام سے بچا۔ تو گواہی دے کہ میں نے تھیلی نہیں لی۔"

جب جہانگیر اپنی بات کہہ چکا تو اس کی بیوی جو درخت کے کھوکھلے تنے میں چھپی بیٹھی تھی اپنی آواز بدل کر بولی:

"میں سن رہا ہوں، کہو کیا کہنا چاہتے ہو۔"

آصف نے جب درخت میں سے آواز آتے سنی تو وہ حیرت میں رہ گیا اور ڈر کے مارے جہانگیر کے پیچھے چھپ گیا۔ آصف کو خوف زدہ دیکھ کر جہانگیر بہت خوش ہوا اور درخت کو مخاطب کر کے کہا:

"زندہ باد درخت، شاباش۔ تو نے بولنا شروع کر دیا۔ اب تو یہ بتا کہ اشرفیوں کی تھیلی کس نے لی؟"

جہانگیر کی بیوی کی سمجھ میں نہیں آیا کہ اس سوال کا کیا جواب دے اور کس کا نام لے۔ اُس نے جلدی میں کہہ دیا:

"ایک بد دیانت آدمی نے اشرفیوں کی تھیلی لی ہے۔"

جہانگیر کو اپنی بیوی کی طرف سے اس جواب کی اُمید نہیں تھی۔

وہ گھبرا گیا، لیکن دل میں سوچا کہ شاید بیوی بات کو ٹھیک طرح نہیں سمجھی۔ اس لیے جہانگیر نے ایک بار پھر سوال کیا:

"اے درخت صاف صاف بتا کہ تھیلی کس نے لی ہے"؟

لیکن اس مرتبہ درخت خاموش رہا، جہانگیر نے دوسری دفعہ پھر سوال کیا، لیکن پھر بھی جواب نہیں ملا۔ تیسری مرتبہ بھی درخت سے کوئی آواز نہیں آئی۔ اب تو جہانگیر واقعی گھبرا گیا۔ سوچنے لگا کہ کہیں اس کی بیوی چلی تو نہیں گئی۔ اس خاموشی سے آصف کا دل بڑھ گیا اور اس نے جہانگیر سے کہا،

"بھائی جہانگیر! درخت خاموش ہے، کوئی جواب نہیں دے رہا ہے۔"

"نہیں! درخت نے جواب دے دیا ہے۔ تم اور کیا چاہتے ہو؟" جہانگیر نے کہا۔

"اس نے تو صرف یہ کہا ہے کہ تھیلی ایک بد دیانت آدمی نے لی ہے۔ کیا معلوم وہ بد دیانت آدمی تم ہی ہو۔" آصف نے جواب دیا۔

اس جواب پر جہانگیر غصہ میں آ گیا اور آصف سے کہا:

"افسوس کی بات ہے آصف۔ تم مجھ پر الزام لگا رہے ہو۔ میں قاضی کے پاس جاؤں گا اور تمھاری شکایت کروں گا۔"

"ٹھیک ہے چلو! میں بھی تمھارے ساتھ چلتا ہوں۔" آصف نے کہا۔

جہانگیر کو امید نہیں تھی کہ آصف قاضی کے پاس جانے پر تیار ہو جائے گا۔ اس نے تو آصف کو ڈرانے کے لیے قاضی کے پاس جانے کی دھمکی دی تھی، لیکن جب آصف نہیں ڈرا بلکہ خود بھی قاضی کے پاس جانے کے لیے تیار ہو گیا تو جہانگیر نرم پڑ گیا اور کہنے لگا:

"تم قاضی کے پاس جا کر کیا کرو گے؟"

"میں قاضی سے تمھاری شکایت کروں گا اور اس سے کہوں گا

کہ اشرفیوں کی تھیلی تم نے لی ہے۔" آصف نے کہا۔

دونوں اسی طرح لڑتے جھگڑتے قاضی کے سامنے پہنچے۔ قاضی نے کہا کہ اب جھگڑا بند کرو اور ایک وقت میں ایک شخص بولے اور دوسرا خاموش رہے تاکہ میں معاملے کو سمجھ سکوں۔ پھر قاضی نے آصف سے پوچھا۔

"تمھارا کیا نام ہے؟"

"قاضی صاحب! میرا نام آصف ہے اور لوگ مجھ کو بھولا آصف اور بیوقوف آصف کہتے ہیں۔" آصف نے جواب دیا۔

"بہت خوب، لوگ تم کو "بیوقوف" بالکل ٹھیک کہتے ہیں"۔ قاضی نے کہا۔ اس کے بعد قاضی نے جہانگیر سے اس کا نام پوچھا۔ اُس نے بتایا کہ "میرا نام جہانگیر ہے اور لوگ مجھ کو شیطان جہانگیر اور چالاک جہانگیر کہتے ہیں۔"

"تو لوگ ٹھیک ہی کہتے ہوں گے"۔ قاضی نے کہا۔

اس کے بعد قاضی نے آصف کو مخاطب کرتے ہوئے کہا:

"اچھا اب تم اپنا معاملہ پیش کرو، لیکن بات مختصر کرنا۔"

آصف نے سارا قصہ قاضی کو سُنا دیا۔ قاضی نے آصف کا بیان سننے کے بعد جہانگیر سے پوچھا:

"شیطان جہانگیر! اب یہ بتاؤ کہ بھولے آصف نے جو کچھ کہا ہے وہ کہاں تک صحیح ہے۔"

"جی ہاں، واقعہ وہی ہے جو آصف نے بتایا، لیکن میں نے ثابت کر دیا ہے کہ اشرفیوں کی تھیلی میں نے نہیں لی۔" جہانگیر نے جواب دیا۔

"لیکن تمھارے اس دعوے کا کہ تم نے تھیلی نہیں لی کیا ثبوت ہے۔" قاضی نے پوچھا۔

"قاضی صاحب! میں درخت کو گواہ کے طور پر پیش کر سکتا ہوں۔"
جہانگیر نے جواب دیا۔

"اچھا! اگر ایسا ہے تو درخت سے کہو وہ یہاں آکر گواہی دے۔"
قاضی نے ہنستے ہوئے کہا۔

"قاضی صاحب۔ یہ آپ کیا کہہ رہے ہیں۔ درخت یہاں کیسے آسکتا ہے۔" شیطان جہانگیر نے کہا۔

"اگر درخت یہاں نہیں آسکتا تو پھر ہم درخت تک جائیں گے۔ اس وقت تو درخت گواہی دے گا۔" قاضی نے جہانگیر سے پوچھا۔

"جی ہاں۔ قاضی صاحب۔ جب میں نے درخت سے التجا کی تھی تو وہ بولنے لگا۔" جہانگیر نے کہا۔

"اچھا۔ اگر یہ بات ہے تو مسئلے کا حل آسان ہو گیا۔ ہم چل کر اس کی گواہی لیے لیتے ہیں۔" قاضی نے جواب دیا۔

قاضی، جہانگیر اور آصف تینوں درخت کی طرف چل دیئے۔ قاضی صاحب آگے آگے تھے، ان کے پیچھے جہانگیر اور آخر میں آصف۔ جب تینوں درخت کے قریب پہنچ گئے تو جہانگیر نے درخت کی طرف اشارہ کرتے ہوئے کہا "یہی وہ درخت ہے جس نے میرے حق میں گواہی دی تھی۔"

"ٹھیک ہے! اب تم ایک طرف ہٹ جاؤ، میں درخت سے سوال کرتا ہوں۔" قاضی نے کہا۔

"لیکن قاضی صاحب! درخت میرے پوچھنے پر جواب دیتا ہے۔ اگر میں ہٹ جاؤں تو جواب کیسے دے گا۔" جہانگیر نے کہا۔

"نہیں تم دُور رہو۔ عدالت کے معاملے میں مداخلت نہیں کرنی چاہیے۔" قاضی نے کہا۔

اس کے بعد قاضی نے بلند آواز سے پوچھا:

" اے محترم درخت! کیا تم قسم کھاؤ گے کہ جو کچھ تم کہو گے سچ کہو گے۔"

" قاضی صاحب، میں قسم کھا کر کہتا ہوں کہ جو کچھ کہوں گا سچ کہوں گا۔" درخت کے اندر سے آواز آئی۔

قاضی صاحب اس جواب سے خوش ہو گئے اور جہانگیر سے کہنے لگے کہ تم تو کہتے تھے کہ درخت صرف تمھارے سوال کا جواب دے سکتا ہے لیکن اس نے تو میرے سوال کا جواب بھی دے دیا۔ اس کے بعد قاضی نے درخت سے پوچھا:

" اچھا درخت! اب بتاؤ کہ اشرفیوں کی تھیلی کس نے لی؟"

" ایک بد دیانت آدمی نے لی۔" درخت سے آواز آئی۔

" بد دیانت لوگ تو بہت سے ہیں۔ نام لے کر بتاؤ کہ کس بد دیانت آدمی نے تھیلی لی۔" قاضی نے پوچھا۔

لیکن درخت نے اس سوال کا کوئی جواب نہیں دیا۔ قاضی صاحب سوچنے لگے کہ اب کیا کیا جائے۔ اگر انسان ہوتا تو اس کو بولنے پر مجبور کیا جا سکتا تھا، لیکن درخت کو بولنے پر کس طرح مجبور کیا جا سکتا ہے۔ آخر ان کے دماغ میں ایک ترکیب آئی۔ انھوں نے آصف سے کہا کہ تھوڑی سی سوکھی لکڑیاں جمع کر لاؤ۔ آصف نے جلدی جلدی لکڑیاں جمع کیں اور قاضی صاحب کے سامنے ڈھیر کر دیں۔ قاضی صاحب نے لکڑیوں کو درخت کے تنے کے ساتھ رکھ کر کہا کہ اب درخت کو آگ لگانا ہی پڑے گی۔ انھوں نے جیب سے ماچس نکالی اور آگ لگانے کے لیے لکڑیوں کے ڈھیر کی طرف بڑھے۔ لیکن ابھی انھوں نے آگ نہیں لگائی تھی کہ جہانگیر کی بیوی روتی ہوئی اور چیختی چلاتی ہوئی درخت کے کھوکھلے تنے سے باہر نکل آئی۔

"امان! قاضی صاحب! امان!" اُس نے روتے ہوئے کہا۔

تمام معاملہ صاف ہو چکا تھا۔ قاضی نے ماچس جیب میں رکھ لی اور جہانگیر سے کہا کہ اب تم سچ سچ بتا دو کہ یہ عورت کون ہے اور اصل معاملہ کیا ہے۔ شیطان جہانگیر کا سارا راز کھل چکا تھا۔ اُس نے شرم سے سر جھکا لیا اور تمام قصّہ سچ سچ بتا دیا۔

قاضی نے جہانگیر سے کہا کہ اچھا اب گھر جاؤ اور اشرفیوں کی تھیلی سیدھی طرح بھولے آصف کے سپرد کر دو۔ بھولا آصف قاضی کے فیصلے پر خوش ہو کر تالیاں بجانے لگا اور بولا:

"واہ واہ قاضی صاحب! آپ نے کتنا اچھا فیصلہ کیا۔"

آصف کو اشرفیوں کی پوری تھیلی بھی مل گئی اور شیطان جہانگیر سے بھی نجات مل گئی۔

# کیل اوغلان

بہت دنوں کی بات ہے ایک ملک میں ایک یتیم بچہ تھا جس کوکیل اوغلان کہتے تھے۔ اس کے رہنے کے لیے کوئی جگہ نہیں تھی اور وہ سوکھی روٹی کھا کر گزارا کرتا تھا۔ زمین پر جہاں جگہ ملتی لیٹ جاتا اور سر کے نیچے ہاتھ رکھ کر سو جاتا۔ جب آنکھ کھلتی تو تاروں کو گنتا رہتا۔ بڑے غور سے دیکھتا کہ قطب تارا کہاں ہے، زہرہ کہاں ہے۔ برج عقرب کسے کہتے ہیں اور برج قوس کون سا ہے۔ اس نے بچپن ہی میں یہ سبق سیکھ لیا تھا کہ دُنیا میں روٹی بغیر محنت اور مشقت کے نہیں مل سکتی۔

ایک دن کیل اوغلان بادشاہ کے محل کے سامنے سے گزر رہا تھا کہ محل کی کھڑکی میں بیٹھی ہوئی ایک لڑکی پر اس کی نظر پڑی۔ وہ بہت خوب صورت تھی۔ اُسے دیکھ کر کیل اوغلان اپنی جگہ جم کر رہ گیا۔ اس کے پیروں نے دماغ کا حُکم ماننے سے انکار کر دیا تھا۔ بس نظریں کھڑکی کی طرف جمی ہوئی تھیں۔ کافی وقت یوں ہی گزر گیا۔

بادشاہ شکار کے لیے گیا ہوا تھا۔ جب وہ واپس ہوا تو کیل اوغلان کو کھڑکی کے نیچے کھڑا دیکھ کر حیران ہوا اور اس سے پوچھا کہ

تم میرے محل کی کھڑکی کے نیچے کھڑے کیا کر رہے ہو؟ کیل اوغلان نے بغیر کسی ڈر اور خوف کے جواب دیا:

"بادشاہ سلامت، اللہ آپ کی عمر دراز کرے اور آپ کی سلطنت کو قائم رکھے۔ میں نے شہزادی صاحبہ کو کھڑکی میں بیٹھے دیکھا تو اس پر دل وجان سے فِدا ہو گیا۔ اب میرے قدم اس جگہ سے اُٹھ نہیں رہے۔"

بادشاہ کو کیل اوغلان کے اس جواب پر غصہ آگیا۔ اس نے اپنے آدمیوں کو حکم دیا کہ اس بے ادب اور گستاخ لڑکے کو جو بادشاہ سے بات کرنا بھی نہیں جانتا پکڑ کر قید خانے میں ڈالا جائے۔ چناں چہ بادشاہ کے آدمیوں نے کیل اوغلان کو پکڑ کر قید خانے میں بند کر دیا۔

یہ وہ زمانہ تھا کہ بادشاہ کے آگے بڑے سے بڑا آدمی بھی پَر نہیں مار سکتا تھا، بے چارے کیل اوغلان کو کون پوچھتا۔ وہ اسی طرح قید خانے میں پڑا زندگی کے دن کاٹتا رہا، یہاں تک کہ سات سال گزر گئے۔ پھر ایک دن بادشاہ کے پاس طفلستان کے ایک بادشاہ کا خط آیا۔ اس نے خط میں لکھا تھا کہ میں تم کو ایک چھڑی بھیج رہا ہوں جس میں دو سرے ہیں۔ یہ بتاؤ کہ ان میں سے کون سا سرا دوسرے سے بھاری ہے۔ اگر میرے اس سوال کا صحیح جواب نہیں دیا تو تیار رہو، میں بے شمار فوج لے کر تمھارے ملک پر حملہ کر دوں گا۔

بادشاہ نے خط پڑھا اور چھڑی کو غور سے دیکھا۔ پھر وزیروں اور مصاحبوں کو دِکھایا۔ سب کو وہ ایک سیدھی سادی چھڑی نظر آئی جس کے دونوں سرے گول ترشے ہوئے تھے اور ان میں کسی قسم کا فرق نظر نہیں آتا تھا۔ چھڑی نجّاروں اور بڑھیوں کو

ناپنے کے لیے دی گئی۔ جوہریوں نے دونوں کناروں کو تولا۔ ملک کے بڑے بڑے دانا اور عقل مندوں نے دیکھا، لیکن کوئی بتا نہیں سکا کہ چھڑی کا کون سا سرا بھاری ہے۔ یہ دیکھ کر کہ سوال کا جواب کوئی نہیں دے پا رہا ہے بادشاہ بڑا فکرمند ہوگیا۔ آخر میں اس نے اپنی بیٹی سے مشورہ کیا کہ اب کیا کیا جائے۔

"بابا بادشاہ! قید خانے میں ایک کیل اوغلان ہے۔ اس سے بھی دریافت کر لیں"۔ شہزادی نے فوراً جواب دیا۔

اس کے بعد بادشاہ کی اجازت لے کر وہ خود قید خانے میں گئی اور کیل اوغلان کو سوال بتا کر اس کا جواب طلب کیا۔ کیل اوغلان نے جواب دیا:

" میرے بادشاہ کی بیٹی! یہ تو بہت آسان سوال ہے۔ چھڑی کو پانی میں ڈال دو، جو سرا بھاری ہوگا وہ پانی میں ڈوب جائے گا"۔ اس کے ساتھ ہی کیل اوغلان نے شہزادی سے یہ بھی کہا کہ ہر شخص اپنی جگہ اہم ہوتا ہے اور کسی کو بے سمجھے بوجھے قید خانے میں نہیں ڈالنا چاہیے۔ شہزادی، کیل اوغلان کا جواب سُن کر خوش ہوگئی اور بادشاہ کو بتا دیا کہ چھڑی کو پانی میں ڈال دیا جائے اور جو سرا پانی میں ڈوب جائے وہ دوسرے سرے سے بھاری ہو گا۔ بادشاہ نے بھی یہی جواب طفلستان بھیج دیا۔

طفلستان کے بادشاہ نے بھی جواب کو صحیح تسلیم کر لیا، لیکن یہ لکھا کہ معمّا تین سوالوں پر مشتمل ہے۔ ایک سوال کا جواب صحیح مل گیا، لیکن ابھی دو سوال اور باقی ہیں۔ دوسرے سوال کے سلسلے میں طفلستان کے بادشاہ نے تین گھوڑیاں بھیجیں۔ یہ تینوں ایک ہی خاندان، ایک ہی نسل اور ایک ہی رنگ کی تھیں اور ان تینوں میں فرق کرنا ممکن نہیں تھا۔ سوال یہ تھا کہ یہ بتایا جائے کہ ان تینوں میں

سے کون ماں ہے، کون بیٹی ہے اور کون بچّہ ہے؟ بادشاہ نے تینوں پر نظر ڈالی، ہر ایک کو غور سے دیکھا لیکن ان میں کوئی فرق نظر نہیں آیا۔ سائیسوں کو بلایا، جانوروں کا علاج کرنے والے بیطاروں کو بلایا، لیکن کوئی بھی سوال کا جواب نہ دے سکا۔ آخرکار بادشاہ نے اپنی بیٹی کو بُلا کر اس سے مشورہ کیا۔ شہزادی بھاگی بھاگی قید خانے گئی، دروازہ کھلوایا اور کیل اوغلان سے کہا:

"کیل اوغلان، میرے بادشاہ بابا پھر مشکل میں گھر گئے۔ ان کے پاس تین گھوڑیاں بھیجی گئی ہیں۔ ان تینوں کے درمیان کسی قسم کا فرق نظر نہیں آتا۔ تینوں ایک سی ہیں، لیکن معلوم کرنا یہ ہے کہ ان میں ماں کون سی ہے، بیٹی کون سی ہے اور بچّہ کون سی ہے؟"

"بہت خوب، تم پوچھے جاؤ اور میں جواب دیے جاؤں، آخر یہ سلسلہ کب تک چلے گا؟" کیل اوغلان نے پوچھا، پھر کہا، "تم نے یا بادشاہ نے کبھی یہ بھی سوچا کہ خود تو نرم نرم بستر پر آرام کی نیند سوتے ہو، لیکن کوئی بے گناہ سالوں سے قید خانے میں پڑا سڑ رہا ہے۔ تم دودھ شہد کھاؤ اور کسی کو سُوکھی روٹی پانی سے نگلنی پڑے۔ میں تمھارے معمّے بھی حل کروں اور پھر بھی قید سے نجات نہ پاؤں۔ شہزادی بی بی! جاؤ، بادشاہ سلامت کو میرا سلام پہنچاؤ اور کہو کہ میں ان کو اس پریشانی سے اس وقت نجات دِلا سکوں گا جب وہ مجھے اس قید خانے سے نکال کر آزاد کر دیں گے۔"

شہزادی دوڑی دوڑی بادشاہ کے پاس گئی اور اس کو کیل اوغلان کا پیغام پہنچا دیا۔ بادشاہ نے فوراً ایک آدمی بھیج کر کیل اوغلان کو قید خانے سے نکلوایا۔ پھر اس کو اچھے اور قیمتی کپڑے پہنا کر بادشاہ

کے سامنے پیش کیا۔ کیل اوغلان نے آداب بجا لانے کے بعد کہا:
" بادشاہ سلامت! اس سوال کا جواب تو پہلے سوال سے بھی آسان ہے۔ آپ ان تینوں گھوڑیوں کو ایک اصطبل میں بند کروا دیجیے۔ پھر اصطبل کے دروازے کے سامنے ایک خندق کھدوائیے اور اس کو پانی سے بھروا دیجیے۔ اس کے بعد یہ مسئلہ آسانی سے حل ہو جائے گا۔"

بادشاہ نے کیل اوغلان کے کہنے کے مطابق سارا کام کر دیا۔ لوگ تماشا دیکھنے ایک میدان میں جمع ہو گئے۔ اس کے بعد کیل اوغلان ایک چابک لے کر چلا، اصطبل کا دروازہ کھولا اور گھوڑیوں کو چابک سے مارنا شروع کیا۔ چابک کے ڈر سے تینوں گھوڑیاں اصطبل کے دروازے پر آ گئیں۔ ایک گھوڑی جو سب سے آگے تھی اس نے پہلے تو دائیں بائیں دیکھا پھر سامنے کے پیروں کو اوپر کی طرف اٹھایا اور چھلانگ مار کر خندق کے پار کود گئی۔ کیل اوغلان نے بتایا کہ بادشاہ سلامت یہ ماں ہے۔

اس کے بعد کیل اوغلان نے پھر چابک ماری اور دوسری گھوڑی چھلانگ مار کر خندق کو پار کر گئی۔ کیل اوغلان نے بتایا کہ یہ بیٹی گھوڑی ہے۔

اس کے بعد کیل اوغلان نے تیسری گھوڑی کے چابک ماری۔ اس بار وہ بھی ہمت کر کے خندق کو پار کر گئی۔ کیل اوغلان نے بتایا:

" بادشاہ سلامت یہ آخر میں کودنے والی گھوڑی ابھی بچہ ہے۔"
کیل اوغلان کی اس عقل اور سمجھ پر بادشاہ اور سب لوگ حیران رہ گئے اور اس کا بتایا ہوا جواب گھوڑیوں سمیت طفلستان روانہ کر دیا گیا۔ جب طفلستان کے بادشاہ نے دیکھا کہ اس کا دوسرا

سوال بھی بوجھ لیا گیا تو اس نے تیسرے اور آخری سوال کا جواب دینے کے لیے ملک کے سب سے دانش مند اور سب سے تجربے کار آدمی کو **طفلستان** بھیجنے کی درخواست کی۔ بادشاہ نے ملک میں منادی کر کے بڑے بڑے عقل مند، سن رسیدہ اور تجربے کار لوگوں کو اپنے پاس بلایا اور ان سے **طفلستان** جانے کے لیے کہا تاکہ وہ وہاں کے بادشاہ کے سوالوں کا جواب دے سکیں، لیکن کسی نے بھی یہ ذمّے داری قبول نہیں کی۔ آخر میں بادشاہ نے کیل اوغلان کو بلایا اور کیل اوغلان فوراً **طفلستان** جانے کو تیار ہو گیا۔ اس نے کہا :

"بادشاہ سلامت، میں نہ صرف یہ کہ **طفلستان** جانے کے لیے تیار ہوں، بلکہ ایسے جواب دوں گا کہ آپ کا اور آپ کے ملک کا نام روشن ہو جائے گا۔ اس کے علاوہ **طفلستان** کے بادشاہ کو بھی قید کر کے آپ کے پاس لے آؤں گا۔ لیکن شرط یہ ہے کہ میری اس خدمت کے صلے میں آپ اپنی بیٹی کی شادی مجھ سے کر دیں گے۔"

بادشاہ کے لیے اس شرط کو پورا کرنا بڑا مشکل تھا۔ وہ سوچ میں پڑ گیا کہ کیا کیل اوغلان واقعی سوال کا جواب دے دے گا اور اگر سوال کا صحیح جواب دے بھی دیا تو یہ کس طرح ممکن ہے کہ وہ **طفلستان** کے بادشاہ کو قید کر لائے؟ یہ اور اسی قسم کے سوالات اس کے ذہن میں چکّر لگا رہے تھے۔ آخر میں اس نے خوب غور کرنے کے بعد کیل اوغلان کی شرط تسلیم کر لی۔

کیل اوغلان نے روانہ ہونے سے پہلے بادشاہ سے ایک اونٹ، ایک بکری اور سفر خرچ لیا اور سفر پر روانہ ہو گیا۔ کئی ماہ کے سفر کے بعد طفلستان پہنچا۔ وہاں اس کا ایک عقل مند ترین اور تجربے کار انسان کی حیثیت سے شان دار استقبال کیا گیا۔ اس کے راستے میں

قالین بچھائے گئے اور راستے کے دونوں طرف فوجی کھڑے کیے گئے جو ڈھول باجوں اور نعروں سے اس کا استقبال کر رہے تھے۔ یہاں تک کہ کیل اوغلان شاہی محل پہنچ گیا۔ اس کے ایک ہاتھ میں اونٹ کی نکیل تھی اور دوسرے ہاتھ میں بکری کی رسّی۔ طفلستان کا بادشاہ توقع کر رہا تھا کہ کوئی بڑا وفد اس کے پاس آئے گا، لیکن جب اس نے دیکھا کہ وفد کی جگہ ایک نوجوان لڑکا آیا ہے اور وہ بھی اس طرح کہ ایک ہاتھ میں اونٹ کی نکیل ہے اور دوسرے میں بکری کی رسّی تو اس کو بہت حیرت ہوئی۔ اس نے کیل اوغلان سے پوچھا:

"لڑکے، تمھارے بادشاہ نے لکھا تھا کہ وہ اپنے ملک کے سب سے بڑے، عقل مند اور تجربہ کار لوگوں کو بھیج رہا ہے تو کیا وہ لوگ ابھی راستے ہی میں ہیں؟"

کیل اوغلان نے جواب میں اونٹ کی طرف اشارہ کر کے کہا:

"یہ ہمارے درمیان سب سے بڑا ہے۔" پھر بکری کی طرف اشارہ کر کے کہا، "یہ ہمارا تجربے کار حیوان ہے۔" پھر اپنی طرف اشارہ کر کے کہا، "اور میں اس ملک کا سب سے عقل مند انسان ہوں۔"

"اچھا ایسا ہے تو پھر ذرا بتاؤ تو کہ آسمان میں تاروں کی تعداد کتنی ہے؟" بادشاہ نے پوچھا۔

"میری بکری کے جتنے بال ہیں تاروں کی تعداد بھی اتنی ہی ہے۔" کیل اوغلان نے جواب دیا۔

"یہ کس طرح معلوم ہو گا کہ بکری کے بال کتنے ہیں؟" بادشاہ نے پوچھا۔

"ان کو گننا، بادشاہ سلامت آپ کی ذمّے داری ہے، میری نہیں۔" کیل اوغلان نے جواب دیا۔

دربار میں موجود وزیروں اور مصاحبوں نے اس جواب پر ایک دوسرے کو دیکھا، مشورہ کیا اور پھر انھوں نے کیل اوغلان کے جواب کو صحیح تسلیم کر لیا۔

اس کے بعد بادشاہ نے دوسرا سوال کیا، "دُنیا کی ناف کہاں ہے یعنی دنیا کا وسطی نقطہ کہاں ہے؟"

"دُنیا کا وسط میرے اونٹ کے پچھلے داہنے پاؤں کے ٹھیک نیچے ہے۔" کیل اوغلان نے جواب دیا۔

"یہ کس طرح معلوم کیا جا سکتا ہے؟" بادشاہ نے پوچھا۔

"بادشاہ سلامت، پیمایش کر کے تصدیق کرنے کی ذمّے داری آپ کی ہے۔ یہ میرا کام نہیں، میرا کام صرف جواب دینا ہے۔" کیل اوغلان نے کہا۔

درباریوں نے پھر ایک دوسرے کی طرف دیکھا، ایک دوسرے سے مشورہ کیا اور آخر میں کیل اوغلان کے جواب کو صحیح تسلیم کرلیا۔

"بہت خوب، بہت خوب بیٹے! میں تم کو انعام دیتا ہوں اور اب اس انعام کا مطلب بھی سمجھا دو۔" بادشاہ نے کہا۔ پھر بادشاہ نے اپنی جیبوں میں ہاتھ ڈالتے ہوئے کہا، "ذرا اپنی چادر تو پھیلادو۔" کیل اوغلان نے چادر پھیلا دی۔ اس کے بعد بادشاہ نے دونوں ہاتھوں سے ایسے اشارے کیے جیسے وہ جیبوں میں سے سکّے بھر بھر کر کیل اوغلان کے رومال میں ڈال رہا ہو، لیکن حقیقت میں اس نے کچھ نہیں دیا۔ اس کے دونوں ہاتھ خالی تھے۔ کیل اوغلان، بادشاہ کی اس چالاکی کو سمجھ گیا اور اس نے کہا:

"زندہ باد بادشاہ سلامت، یہ سخاوت جاری رہے، اس میں کمی نہ ہو۔ آپ جو کچھ دیں گے اس کا پھل بھی آپ ہی کھائیں گے۔ آپ کے کرم کے مطابق آپ کی شان و شوکت میں اضافہ ہو اور آپ کا خزانہ

بھرا رہے۔"

اس کے بعد کیل اوغلان نے اپنی چادر کے چاروں کونوں کو پکڑ کر اس طرح اُٹھایا جیسے وہ سکّوں سے بھر گئی ہو اور اس کی گٹھری باندھ کر اپنے پاس رکھ لی۔ بادشاہ نے دل ہی دل میں کہا کہ اس مرتبہ میں کیل اوغلان کو شکست دے دوں گا۔ کیل اوغلان نے بادشاہ کی عبا کے دامن کو بوسہ دیا اور محل سے نکل گیا۔

محل سے نکلنے کے بعد کیل اوغلان نے بازار کا رُخ کیا اور وہاں کی سب سے بڑی دُکان میں داخل ہوگیا۔ اس نے ایسی چیزوں کو جو وزن میں کم ہوں اور قیمت میں زیادہ چُن چُن کر ایک جگہ رکھنا شروع کر دیا۔ پھر دُکان دار سے کہا کہ ان کو باندھ کر اس کی قیام گاہ تک پہنچا دے۔ جب تمام چیزیں ملازم کے ہاتھ بھجوا دی گئیں تو دُکان دار نے ایک کاغذ پر قیمتیں جوڑ کر کیل اوغلان کو بِل پیش کیا۔ بہت بڑی رقم بن گئی تھی۔ کیل اوغلان نے بغل سے گٹھری نکالی اور اسی طرح جس طرح بادشاہ نے اس کو گن گن کر اشرفیاں دی تھیں اس نے بھی گن گن کر اشرفیاں ایک دوسرے رومال میں رکھیں اور کہا:

"جناب! ان چیزوں کی جتنی رقم بنتی ہے میں اس سے زیادہ قیمت دے رہا ہوں۔ کچھ رقم ڈھونے والے کو دے دینا باقی تم رکھ لینا۔ اللہ حافظ۔"

دُکان دار نے کیل اوغلان کے جانے کے بعد رومال کھولا تو اس میں کچھ نہیں تھا۔ دُکان دار کو بڑا تعجب ہوا کہ وہ رقم بلند آواز سے گِن گِن کر رومال میں ڈال رہا تھا، لیکن جب رومال کھولا تو وہ خالی تھا۔ سمجھ گیا کہ میرے ساتھ دھوکا ہوا ہے۔ فوراً قاضی کے پاس گیا اور سارا قصّہ بیان کیا۔ قاضی نے کیل اوغلان کو عدالت میں طلب

کہا اور اس سے سوال و جواب شروع کر دیے۔ کیل اوغلان نے کہا:

"واللہ قاضی صاحب، میں تو حیران ہوں کہ یہ کیسا مُلک ہے جہاں کے لوگ اپنے بادشاہ کے باغی ہیں۔ میں نے دُکان دار کو وہی رقم دی ہے جو بادشاہ نے اپنے وزیروں اور مصاحبوں کے درمیان بھرے دربار میں مجُھ کو گِن گِن کر دی تھی۔ میری سمجھ میں نہیں آتا کہ ایسی صورت میں دکان دار نے میرے خلاف کس طرح الزام لگایا؟ عجیب دکان دار ہے! خود بادشاہ کی دی ہوئی رقم قبول نہیں کرتا اور الزام مجھ پر لگاتا ہے۔"

قاضی، کیل اوغلان کا جواب سُن کر اُلجھن میں پڑ گیا۔ اس نے مقدمے کی کتاب بند کر دی اور کہا:

"اب یہ دعوا خود بادشاہ کے حضور میں پیش کیا جائے گا۔"

چناں چہ قاضی اور دونوں فریق بادشاہ کے سامنے پہنچے۔ کیل اوغلان نے بادشاہ سے کہا:

"امان میرے بادشاہ امان! مجھے آپ نے کس مصیبت میں مبتلا کر دیا۔ میں نے اس آدمی کی دُکان سے مختلف چیزیں خریدیں۔ پھر ان کی قیمت آپ کی بخشی ہوئی رقم سے اسی طرح گِن گِن کر ادا کر دی جس طرح آپ نے مجھے گِن گِن کر دی تھی۔ اس کے علاوہ میں نے کچھ رقم انعام کے طور پر بھی دی۔ لیکن یہ شخص اس رقم کو قبول نہیں کر رہا اور اُلٹا مجھ پر الزام لگا رہا ہے۔"

بادشاہ نے اپنے وزیروں کی طرف دیکھا، سب کے چہروں پر مسکراہٹ تھی۔ انھوں نے تسلیم کر لیا کہ اس بار بھی بازی کیل اوغلان جیت گیا۔ بادشاہ نے دکان دار سے کہا:

"تم اب اس آدمی سے کچھ نہ کہو، تمھاری ساری رقم میں ادا کر دوں گا۔" چناں چہ قاضی اور دکان دار واپس چلے گئے۔

اگلے دن کیل اوغلان نے محل کے قریب روئی کی ایک دکان کھولی۔ رات کو ایک پیپے میں بھر کر گوند لایا اور کپڑے اتار کر سارے جسم پر گوند مل دیا، اس کے بعد روئی کے ڈھیر میں لیٹ کر خوب لڑھکنیاں کھائیں، یہاں تک کہ سر سے پیر تک ہر جگہ روئی چپک گئی اور اس کی شکل بھتنے جیسی ہو گئی۔ اس کے بعد وہ خاموشی سے رات کے اندھیرے میں محل میں داخل ہو گیا۔ محل کے پہریداروں نے جب اس کو دیکھا تو وہ ڈر کے مارے بھاگ گئے اور کیل اوغلان سیدھا بادشاہ کے کمرے میں پہنچ گیا۔ بادشاہ اپنے بستر پر لیٹا ہوا سونے کی تیاری کر رہا تھا۔ جب اس نے اپنے سامنے بھتنے جیسی شکل دیکھی تو وہ بھی ڈر گیا اور یہ سمجھ کر کہ موت کا فرشتہ اس کی جان لینے آگیا ہے، رضائی میں منہ چھپا لیا۔ کیل اوغلان نے کہا:

"میں تمھاری جان لینے آیا ہوں، تمھیں اوپر والا بُلا رہا ہے۔ آواز نہ نکالنا، خاموشی سے میرے ساتھ چلو اور جو کہوں وہ کرو، ورنہ اسی وقت مار ڈالوں گا۔"

ڈر کے مارے بادشاہ کا رنگ پیلا پڑ گیا اور اس کا سارا جسم تھر تھر کانپنے لگا۔ وہ خاموشی سے کیل اوغلان کے پیچھے پیچھے چلنے لگا۔ سیڑھیوں سے نیچے اُترا تو پہرے داروں نے بادشاہ کو دیکھ کر سلام کیا۔ خوف کی وجہ سے ان کا مُنہ بھی بند ہو گیا تھا۔ کیل اوغلان نے دکان میں آکر بادشاہ کو ایک صندوق میں بند کر دیا اور صندوق میں تالا ڈال دیا۔ اس کے بعد وہ گھر گیا۔ اپنا سارا سامان گدھوں اور خچروں پر لادا پھر دُکان میں آکر صندوق بھی لادا اور راتوں رات شہر سے نکل گیا۔ راستے میں اس نے بادشاہ کو صندوق سے نکالا اور ہاتھ پیر باندھ کر دوسرے خچر پر بٹھایا اور اپنے ملک کی طرف چل دیا۔ اپنے بادشاہ کے محل میں جا کر تمام سامان اور قیمتی کپڑوں

کے صندوق خچروں سے اُتارے اور بادشاہ سے کہا:
"بادشاہ سلامت! بندہ حاضر ہے۔ دیکھیے یہ چیزیں آپ کے لیے تحفے کے طور پر لایا ہوں، یہ چیزیں وزیروں کے لیے ہیں اور یہ سامان جہیز کا ہے اور لیجیے، میں وعدے کے مطابق طغلستان کے مغرور اور طاقت ور بادشاہ کو جس کے سوالوں نے آپ کو پریشان کر دیا تھا پکڑ کر لے آیا ہوں۔"

اس کے بعد کیل اوغلان نے شروع سے آخر تک سارا قصّہ بادشاہ کو سُنا دیا۔ بادشاہ بہت خوش ہوا۔ ملک کے ہر حصّے میں جشن منانے کا اعلان کیا جو چالیس دن اور چالیس رات جاری رہا۔ ہر ملک سے مہمان آئے۔ سب نے خوب کھایا پیا۔ بادشاہ نے اپنی لڑکی کی کیل اوغلان سے شادی کر دی۔ شادی کے بعد طغلستان کے بادشاہ کو اپنے ملک واپس جانے کی اجازت مل گئی اور وہ طغلستان چلا گیا۔ بادشاہ نے کیل اوغلان کو اپنا وزیرِاعظم مقرر کر دیا اور خود سلطنت کے کاموں سے بے تعلق ہو کر ایک گوشے میں عبادت اور ریاضت کرنے میں مصروف ہو گیا۔

* * *

پریوں کے دیس سے منتخب کہانیوں کا مجموعہ

# پریوں کی کہانیاں

مصنف : اشرف صبوحی

بین الاقوامی ایڈیشن منظر عام پر آچکا ہے